「待っ…先生、やめてください…！」

慌てて裾をかき合わせるけれど、その合わせ目から
手を差し込まれ、素足をするりと撫でられる。

「下着は着けてないのか？」

「あ…！」

官能小説家《かんのうしょうせつか》

官能小説家

藤崎 都

14146

角川ルビー文庫

口絵・本文イラスト／蓮川　愛

1

「浅岡《あさおか》くん！　もうちょっとで着くから、そろそろ起きなさいよー」

「んん……？」

何で、編集長の声……？

ああ、そうか……雑誌の校了明《こうりょう》けだって云《い》うのに、わけがわからないままこの人に引っ張って行かれて、無理矢理《むりやり》車に乗せられたんだっけ。寝《ね》ていていいと云われたから、その言葉に甘えて後部座席で意識を手放しちゃったんだよな。

酷使《こくし》しすぎて溜《た》まり溜まった体の疲労《ひろう》はそう簡単には取れていないけれど、膜《まく》がかかったかのようにぼんやりとしていた頭の中は、幾分《いくぶん》すっきりした気がする。

で……ここは、どこなんだろう？

不思議に思いながら体を起こして窓の外を見ると――外は、雪国だった。

「ゆ、雪……？」

積雪かなりあるんですけど……？

いくらこの数日冷え込みが厳しかったとは云え、東京は雪が降るほどの寒さではなかったはずだ。もしも眠《ねむ》っている間に降り出したのだとしても、ここまでの積雪になっているはずがない。
「え……っと……？」
そして混乱する頭で運転席の横にある時計を見た僕は、そこに表示されている時間に驚《おどろ》いた。
——一時二十三分……？
って、徹夜《てつや》明けで会社を出たのが確か朝の十時頃《ごろ》だから、あれから三時間以上は経《た》っている
ってことじゃないか！
いったいこの人は、僕をどこに連れて行こうとしてるんだ⁉
車の外の景色を見て場所を特定してみようと試みたけれど、車道の横には雪化粧《ゆきげしょう》を施《ほどこ》された
森林が続いているばかりで看板一つ見当たらない。多分あるのかもしれないけれど、全《すべ》て雪に
埋《う》もれてしまっているのだろう。
でも……何となく見覚えのある景色に似ている気がするけれど……？ まぁ、雪景色なんて
どこも似たり寄ったりだろうし気のせいだよな？
「あの……ここは……？」
僕は頭の中を疑問符《ぎもんふ》でいっぱいにしながら、華麗《かれい》なハンドル捌《さば》きで山道を飛ばしている上司
である編集長、荻野《おぎの》由利《ゆり》に根本的な質問を投げかけた。
「そんなこともわからないの？ 車の中よ。あら、浅岡くん、髪《かみ》ぐちゃぐちゃよ。せっかくの
美人が台なし」

「車の中だってことくらいわかります！　髪のこともどうでもいいですよ‼　そうじゃなくて、僕はこの車がいまどこを走っていて、どこに向かってるのかを聞きたいんです‼」

「云ってなかったっけ？」

「行けばわかるからって、荻野さんが僕を無理矢理引っ張ってきたんじゃないですか……！」

「あら、そうだったかしら？」

気の抜《ぬ》けるような返答に、僕はがっくりと肩《かた》を落とす。

担当している小説雑誌の校了で何日も帰れなかった僕をひっつかまえて、無理矢理車に放《ほう》り込んだのはどこの誰《だれ》だ。ようやく家に帰ってゆっくり寝れるはずだったのに！

そう云ってやりたい気分になったけれど、十倍返しで反論されるのが目に見えているため、すんでのところで僕は文句の言葉を呑《の》み込んだ。

この荻野さんは、若くして僕の所属する秋芳《しゅうほう》社文芸出版部の第一編集部の編集長に抜擢《ばってき》された遣《や》り手の女性だ。黙《だま》っていれば清楚《せいそ》な美人だし、言葉を交《か》わしてみれば普段《ふだん》は気さくな姐御《あねご》肌《はだ》の人だが、部下の人使いの荒《あら》さと強引《ごういん》さ、そして一度《ひとたび》仕事が絡《から》むと別人になってしまうことから、陰《かげ》では『鬼《おに》の荻野』と呼ばれていたりするのだ。

といっても、本人も人一倍多忙《たぼう》に働いているため、誰も文句が云えないのだけれども。

「――で、何しに行くんです？　取材か何かですか？」

こんな山道を走っているということは、校了したばかりの雑誌に問題が出て印刷所に向かうとかいうわけではないだろう。わざわざ僕を連れて来たということから考えるに、急に男手が必要な取材が入ったのかもしれない。

「……まあ、ちょっとね。私の担当してる先生に会いに行くのよ」

「へえ…」

僕の所属する第一編集部は、出版社・秋芳社の中でも主に文芸の書籍《しょせき》と小説誌を担当している編集部だ。小説が好きで編集者になりたくて秋芳社に入社して二年、僕もいまは小説や評論の数人の作家を担当している。……と云っても、まだまだ新人扱《あつか》いだけど。

「じゃあ、原稿《げんこう》取りですか？」

僕は自分の数少ない経験から予測して訊《き》いてみた。

作家の中には、締《し》め切りの都合や発想力を高めるためといった理由で、一時的にホテルや旅館に籠《こ》もって作品を仕上げるような人もいる。手書きで原稿を書くような人はごく稀《まれ》になってきたけれど、未《いま》だにメールの使い方がわからないというアナログな先生も案外いるので、原稿を受け取りに編集者が足を運ぶことも少なくないのだ。

とくに、編集長である荻野さんの担当している作家は、若手には任せられないような大御所《おおごしょ》と云われる部類の作家か、いわゆる売れっ子と呼ばれる作家の数人だけだ。だからこそ、直《じか》に原稿を受け取らなければならない先生もいるだろう。

——と云っても、さすがにこんな山奥に籠もるような人は、そうそういないだろうけれど。

あれ……？

でも、だからといって原稿の受け取りに、なぜ僕が一緒《いっしょ》に来る必要があるんだろう？　荻野さんの代わりに取りに行くよう指示されるならともかく、二人で向かうことに何の意味があるのかわからない。僕にできることと云ったら、帰りの運転を代わることくらいなのに。

「原稿が取れるならいいんだけどね……。まずは、小説を書く気になってもらわないと」

「いったい、誰に会いに行くんですか？」

何でさっきから、荻野さんは作家の名前を云わないんだろう？　何となく、意図的に名前を出さないようにしているようにも僕には思える。

名前を云うのも憚《はばか》られるほどの大先生なのだろうか？　でもそうだったら、僕なんかを連れてくるのはますますおかしいよな？

「…………」

「聞きたい？」

「聞きたいです」

バックミラー越《ご》しにじっと見つめていると、荻野さんは諦《あきら》めたようにため息をつき、何故《なぜ》か教える代わりに条件を呑《の》むように云ってきた。

「名前を聞いても逃《に》げないって約束できる？」

「どういう意味ですか？」

「いいから約束しなさい」

荻野さんがここまで云うなんて、どんなに悪名の高い作家なんだ？

作家によっては、担当者である各社の女性編集者に片っ端《かたぱし》から手をつけているという噂《うわさ》がある様な人もいるけれど、その類《たぐい》なら男の僕には関係ないし。もし、わがままで気難しい作家だったとしても、その程度で逃げ出していたら編集者の仕事は務まらない。

もしかしたら、荻野さんは僕の根性《こんじょう》を試《ため》そうとしているんだろうか……？

「わ、わかりました」

ドキドキしながら僕が真面目《まじめ》に頷《うなず》くと、荻野さんは神妙《しんみょう》な顔で呟《つぶや》いた。

「……久慈《くじ》先生よ」

「えっ⁉　久慈先生って……あの、久慈嘉彦《よしひこ》ですか⁉」

名前を聞いた途端《とたん》、ドキンと僕の心臓が大きく跳《は》ねる。自分の耳が信じられずに問い返した声は、動揺《どうよう》に思わず上擦《うわず》っていた。

「そんな名前の作家、一人しかいないでしょう？　っていうか、何よその反応」

荻野さんは、バックミラー越しにちらりと僕を見て意外そうに訊いてくる。

「あ、すいません！　僕、久慈先生のファンだから、つい……」

「あれ？　そうだったの？」

「先生の本は全部二冊ずつ持ってるくらいファンですよ！　あの艶《つや》のある文章とか、ひしひしと伝わってくるキャラクターの心情とか、何度読んでも胸にくるっていうか……」

久慈嘉彦は、いわゆる恋愛《れんあい》小説を得意とする作家だ。

ただ、文芸作品である割に、濡《ぬ》れ場のシーンが多く作中に盛り込まれているため、『官能小説家』と揶揄《やゆ》する人間も業界には少なくない。

かく云《い》う僕も、初めは敬遠していた口なのだ。だけど、大学生のときに同級生の女の子から「絶対に泣けるから！」と押しつけられ――以来、すっかりハマってしまい、いまに至る。

久慈嘉彦の作品は、ウチの会社からも数冊刊行されているが、ストーリーは各社一貫《いっかん》して悲《ひ》恋《れん》が多いのが特徴《とくちょう》だ。

これでもかと書き込まれた心情が、読んでいる者の胸を打ち、この僕も彼の小説に数えきれないほど泣かされている。

それにしても……あの久慈嘉彦にこれから会えるだなんて、人生何が起こるかわからない。

自分が久慈嘉彦の担当になれるなんてことは一生ないだろうから、いつか会うことができれば、とは思っていたけれど。

こんなことなら、もっとちゃんとした服を着ておけばよかった。荻野さんも何で徹夜の校《こう》了《りょう》明けなんかに僕を連れて行くかな。せめて、会う前に顔くらい洗いたい。

そうやって僕がそわそわしていると、ふいに前方から嫌《いや》な雰囲気《ふんいき》を纏《まと》った呟きが聞こえてきた。

「……そう、ファンなのね……そうか……人選は間違ってなかったか……」

「あの……荻野さん？」

人選って、いったい何のことだろう？

そう云えば、さっきは「逃げ出さないって約束しろ」とも云ってたよな？

僕が久慈嘉彦のファンだってことを知らなかったってことは、緊張して逃げ出すかもしれないといった予想をしていたわけじゃないだろうし。もしかして、業界では久慈先生に悪い噂でもあるのだろうか。人当たりがキツいとか、締め切りを守らないとか……。

「ううん、こっちの話。浅岡くんが久慈先生のファンなら話が早いわ。先生の本がこのところ出ていないことには気づいているわよね？」

「はい。以前はコンスタントに年三冊は出されていたのに、一年近く新刊が出てませんよね？……まさか、先生に何かあったんですか？」

数年前にハードカバーで出た本が文庫に落ちて刊行されたりはしているけれど、雑誌掲載の掌編を含めても、書き下ろしの新作はこの一年読めていない。

早く作品を読みたいという気持ちもあるが、もしも体調が思わしくないために執筆が滞っているのだとしたら心配だ。旅館にいるということから察するに、大病を患っているわけではなさそうだが、療養中という可能性もある。如何せん、憶測だけでは何もわからないのが歯痒い。

「うーん、どうもスランプらしいのよ。元々、この一年くらいは不調だったみたいなんだけど、ついこの間最近、婚約《こんやく》が破談になったらしくて……。それから、何を思ったかいま私たちが向かってる旅館に籠もっちゃったのよねえ」

「そうだったんですか…」

やはりああいった切ない恋物語《こいものがたり》を書くような人は、繊細《せんさい》な感性の持ち主なのかもしれない。新作が読めないことはとても残念だけれど、心の傷を癒《いや》すために人の喧噪《けんそう》から離《はな》れているとしたら、そっとしておいてあげたいと思ってしまうのがファンとしての心情だ。

「落ち込んでるところに無理強《むりじ》いもできないけど、ウチとしてもそろそろ新作を書いて欲しいわけよ。久慈先生の本が出ないと、ウチも苦しいのよね」

「確かに……」

第一編集部が刊行している文芸書の中でも、いや、低調な文芸ジャンル全体から見ても久慈嘉彦の作品はトップクラスの売り上げを誇《ほこ》っており、ドラマや映画になった作品も数多い。

彼の新作が載る号の雑誌は部数が普段《ふだん》の倍に伸《の》びるし、新刊が出る月はその勢いにつられるかのようにして他の本の売れ行きもよくなるくらい、久慈嘉彦の作品は力があるのだ。

「だからこうしてご機嫌伺《きげんうかが》いのために足を運《の》んでるんだけど、なかなか話もさせてくれなくてね〜。元々、偏屈《へんくつ》なところもあって褒《ほ》め言葉も素直《すなお》に受け取ってくれないタイプだから、説得するのも難しいんだけど」

「た、大変ですね」

読者としては待っているだけでいいけれど、担当編集者ともなるとそうもいかない。急《せ》かして、宥《なだ》め賺《すか》して書いてもらわなくては、本は出ない。そして本が出ないと、僕たちの給料にだっていずれは影響《えいきょう》が出てくるかもしれないのだ。

「何、他人事《ひとごと》のように云ってるのよ。今回は、あんたも一緒に頭下げんのよ」

「えっ？　何で僕が!?」

ぼんやりと考え込んでいた僕は、荻野さんの言葉に一気に動揺してしまう。

僕の仕事はせいぜい帰りの車の運転くらいだと思っていたのだが、荻野さんがそんなつもりでいたなんて考えもしなかった。

でも、僕が頭を下げても、何の意味もないどころか邪魔《じゃま》にさえなってしまうんじゃないんだろうか……？

「この間なんて隣《となり》の部署の志穂《しほ》ちゃん借りて行ったんだけど、けんもほろろだったのよね」

「そうだったんですか……？」

ん？　どうして週刊誌の部署の志穂ちゃんなんか連れて行ったんだろう？

アイドルの誰《だれ》とかに似ていて可愛《かわい》いと評判だが、あの子は先月アルバイトで入ってきたばかりで、お世辞にも仕事ができるとは云いがたい。荻野さんともあろう人が、どうしてわざわざあんな新人の、それも部署も違う子なんかをお供に選んだんだ？

まぁ、それと同じことがいまの僕にも云えるわけだけど——荻野さんの考えることは、ちっともわからない。

「あの…何で僕なんですか？　他《ほか》にもっと頼《たよ》りになる人がいるような……」

同じ編集部内には、数社の出版社を渡《わた》り歩いてきたような経験豊富な男性編集者や、人当たりがよくてきぱきとした女性の先輩《せんぱい》など、お供だったら僕よりもふさわしい人材はたくさんいる。

今朝、車に放《ほう》り込まれたときだって、一緒《いっしょ》に同じ編集部の先輩だっていたのに、なぜ僕が選ばれたんだろうか？

「何云ってんの。志穂ちゃんでダメだったから、あんたにしたんじゃない。先生の機嫌《きげん》を取るために連れて来たんだから、役に立ってもらわないと」

「機嫌を取る……？」

「…っ！　それはそのそういう意味じゃなくてね…っ、何て云うかその――」

云われた言葉の意味がわからず問い返すと、途端に荻野さんは慌《あわ》て出した。まるで、余計なことを漏《も》らしてしまったと云わんばかりの態度だ。

――物凄《ものすご》く、怪《あや》しい……。何を隠《かく》しているんだろう…？

バックミラー越《ご》しに訝《いぶか》しむ視線を向けると、荻野さんはその場の空気を誤魔化《ごまか》すように慌てて笑《え》みを浮《う》かべた。

「ええと、だからね、何て云うか……あっ！　ほ、ほら見えてきたわよ！　あそこの温泉地の旅館に先生がいらっしゃるから!!」

「旅館?――あーっ!!」

ふと見た外の景色に、僕は思わず大声を上げた。

「どうかしたの?」

「こ……!」

ここって、僕の地元じゃないか!!

寝起《ねお》きで頭がぼんやりしていたことと会話に夢中になっていたせいで、全然気がつかなかった。山道なんてどこも似てるんだなと間の抜《ぬ》けたことを考えていたけれど、似ているのではなく見慣れた風景そのものだったなんて……。

でも、まさか突然《とつぜん》こんな山の中に連れて来られるなんて、普通《ふつう》考えないよな?

しかも、その行き先が自分の地元だなんて予想できるはずもないよな?

「何よ、大声出したかと思ったら、いきなり黙《だま》り込んで」

「い、いえ、ビックリしたものですから……」

「何が?」

「この辺、僕の地元なもので……」

「え? 地元? ここが?」

「はい」

「へえ〜そうだったの。そういえば、実家は温泉地だって前に云《い》ってたっけ？」

僕の実家はこの温泉地にある旅館の一つで、昔は有名な文豪《ぶんごう》が何日も滞在《たいざい》したこともある『浅岡屋』という名の老舗《しにせ》旅館だ。周りの旅館が時流に合わせて次々と近代的な建物に改築や増築をしていく中、ウチだけは先祖代々の古い木造をこまめに手入れをしながら使い続けている。

あまり大きな宿ではないけれど、石造りの天然露天風呂《ろてんぶろ》と本格的な懐石《かいせき》料理が有名で、年月を経て味わいが出てきた建物を気に入って下さる方も多く、リピーターや、もちろん長期滞在をされるお客様も少なくない。

けど、さすがに久慈先生が泊《と》まっている旅館がウチってことはないだろう。文豪が泊まっていたことがあるって云っても、いくら何でもそこまでの偶然《ぐうぜん》があるはずが……。

「………」

まさかとは思ったけれど、何となく嫌《いや》な予感がして、僕は念のため荻野さんに訊《たず》ねておくことにした。

「あの、その旅館の名前って……」

「名前？　えーと、確か『浅岡屋』っていう老舗旅館よ」

「――それ、ウチです……」

「ウチ？　え、そうだったの!?　凄《すご》い偶然、ビックリしたわ……」

「僕だって、ビックリですよ。目が覚めたら雪景色だし、行き先は実家だし……」

その目的にも驚《おどろ》かされたし。荻野さんの強引《ごういん》で唐突《とうとつ》なところには慣れたつもりでいたが、まだまだ修行が足りなかったかもしれない。

「まあ、よかったじゃない。お正月も帰ってないんでしょ？」

「ええ、まあ…」

確かに、今年の正月は仕事で実家に帰ることができなかったけれど。こんな偶然、あってもいいのだろうか？

実家にこんな形で帰省することになるなんてことも、憧《あこが》れの作家が泊まっている先が自分の実家だなんてことも、さっきまでは思いも寄らなかったことだ。

じわじわと襲《おそ》ってくる緊張感《きんちょうかん》に、僕は唾《つば》を呑《の》み込んで、渇《かわ》き始めた喉《のど》を潤《うるお》す。

「…………」

これから、あの久慈嘉彦に会えるんだよな……。

いったい、本人はどんな人物なんだろう？

著者近影《きんえい》などの写真で見る限りでは、鼻筋の通った彫《ほ》りの深い知的な顔立ちで、かなり端麗《たんれい》な容姿をしていることはわかるけれど、サイン会も講演なども一切《いっさい》しない人のため、彼の書く文章や短いコメントなどからしか、僕はその人柄《ひとがら》を想像できない。

文芸誌に一度だけ写真つきのインタビューが載《の》っていたけれど、深いソファーに腰《こし》かけて組んだ足は羨《うらや》ましくなるくらいに長く、伏《ふ》し目がちな切れ長の瞳《ひとみ》は色気すら漂《ただよ》わせていた。

聞いたところによると、そのインタビューのお陰《かげ》で一気に女性ファンが増え、それまで以上に部数が増えたらしい。

そんな『いい男』を女性誌やマスコミが見逃《みのが》すはずもなく、何度となくテレビ出演や雑誌での特集を申し入れているらしいのだが、それらを久慈嘉彦は悉《ことごと》くはね除《の》けているらしいと編集部で小耳に挟《はさ》んだことがある。

お高く止まりやがってと口さがないことを云う人もいるが、ほいほいとテレビや雑誌に出まくって作品を疎《おろそ》かにするような軽薄《けいはく》な作家よりずっといい。……なんて、これはファンの欲目かもしれないけれど。

――そんな人にこれから会えるのだ。あの、久慈嘉彦に。

そう思うだけで、早く会いたいような、いますぐ逃《に》げ出したいような浮き足立つ気分を抑《おさ》えきれない。もうこれはファンの性《さが》としか云いようがないだろう。

「旅館はご両親がやってるの？　この間行ったときは若くて美形の男の人がいたけど」

「それは多分、僕の兄です。父はもう亡《な》くなってるので、兄と母が旅館を取り仕切っているんですよ」

しっかり者の兄は大学卒業と共に旅館を継《つ》いだ。一度大きな病気をし、入退院を繰《く》り返していた父は兄の働きぶりに安心したのか、その数ヶ月後に眠《ねむ》るようにして息を引き取った。

対して母はいまでもかくしゃくとしており、接客のほうを一手に取り仕切っている。経営をメインに携《たずさ》わっている兄も色々なプランを打ち出して評判を呼び、この間は有名な女性誌の記事に取り上げられていた。それに兄は、線の細い色男だったと評判の父の若い頃《ころ》に体格も顔形もそっくりらしく、兄目当てに泊まりに来る女性客も少なくないのだ。

一方僕は、母の血が濃《こ》く出た大きな目や小作りな顔のせいで、幼い頃はよく女の子と間違《まちが》えられていた、という不名誉《ふめいよ》な過去がある……。

「そう云われてみればどことなく似てるかも。お兄さんのほうが芯《しん》がしっかりしてそうなイメージだけど。目元が涼《すず》やかなところとか、知的な美形って感じで」

「知的じゃなくて悪かったですね」

拗《す》ねた態度を取りはしたけれど、荻野さんの考察通り僕より兄のほうが優秀《ゆうしゅう》だ。学生時代は常にトップクラスの成績で、大学も僕よりランクの高いところに行っていた。それでいて優《やさ》しくて温厚な自慢《じまん》の兄なのだ。

「あはは、僻《ひが》まない僻まない。でも、旅館の美形兄弟かぁ、美味《おい》しいネタね」

「何ですか、その美形兄弟って……」

「だって事実じゃない。君は黒髪《くろかみ》サラサラ日本人形みたいだし。そうそう浅岡くん、この前『あたしより綺麗《きれい》な男は彼氏にしたくない』って振《ふ》られたんでしょ？」

「なっ…何で知ってるんですか⁉」

そんなプライベートな話をっ！

「あら、やっぱり事実だったのね〜」

「っ……！」

――確かに振られましたよ僕は。

相手は大学からつき合いのある女の子で、性格もさっぱりしていてウマが合う子だった。彼女にほんのり恋心《こいごころ》を抱《いだ》いていた僕は酒の勢いでぽろりと告白してしまったのだが――。

『馨《けい》くんは友達としか思えないし、あたしより綺麗な顔の男を彼氏にするのは何か悔《くや》しいから遠慮《えんりょ》しとく』

と、あっさり振られてしまったわけ……。

正直なところ、それなりの自信もあったのだが、彼女にとっての僕のポジションは、一番の男友達というものだったのだ。性格が嫌とか、友達としか思えないとか云われるならまだしも、顔が綺麗だから嫌だなんて理由で断られるなんて……情けなさすぎる…。

そしてさらに情けないのは、そのあと振った当人に『そのうちいい相手が見つかるって』と慰《なぐさ》められたことだ。自分でも男らしい顔だとは思っていないけれど、他《ほか》に断りようがなかったのだろうか…。

とにかくあれは、昔からのコンプレックスがさらに根深くなった瞬間《しゅんかん》だった。

「私の情報網を甘くみないで欲しいわね。社内の噂話《うわさばなし》は、一つ残らず私の耳に入ってくるんだから」

思わせぶりに笑う荻野さんに、僕は背筋が寒くなる。

そうだった。この人だけは敵にするなと、入社早々先輩《せんぱい》たちに云われたっけ。見かけは上品な美人だが、実は社内一の腹黒系だから気をつけろと散々忠告されたのだ。

最初は先輩たちの冗談《じょうだん》かと思っていたけれど、最近になってそれが嘘《うそ》でも冗談でもないということを僕も少しずつ実感し始めている。

――この人への言動は、本当に気をつけよう……。

「でも、先生の泊まってる旅館が浅岡くんちだなんてラッキーかも。泊まりもしないのに、しつこくロビーで粘《ねば》るのって正直気まずかったのよね。一応、断りは入れてるけど申し訳ないじゃない？」

「まあ…そうでしょうね……」

荻野さんにも仕事があるわけだし、何泊《なんぱく》もかけて交渉《こうしょう》する時間の余裕《よゆう》はないだろう。となると時間ギリギリまでロビーで待機して、相手が外に出てきてくれるのを待つしか方法がないわけか。

「浅岡くんのほうから、親御《おやご》さんに上手《うま》く説明してくれると助かるわ～」

「え？　もしかして、今日も日帰りのつもりだったんですか？」

「当たり前じゃない。明日も仕事があるのよ？　のんびりなんてしてられると思う？」

「そ、そうですよね……」

その体力はどこから湧《わ》いてくるのだろう。荻野さんよりも十は若いはずの男の僕でも、逆立ちしても敵《かな》わないような気がする……。

「そういえば、浅岡くんはご実家手伝わなくていいの？　旅館なら色々と大変でしょう」

「その…兄が好きなことをやれと云《い》ってくれたんで」

旅館を手伝わない理由に関しては、本当は他にもっと大きな理由がある。でも、敢《あ》えて云う必要もないだろうと思い、僕は黙《だま》っておくことにした。

「それで編集を仕事に選んじゃうあたり、苦労性《しょう》ねえ」

「荻野さんだって同じじゃないですか」

「それもそうか」

あははと軽やかに笑う荻野さんの声が車内に響《ひび》く。他愛もない話をしているうちに、旅館の建ち並ぶ温泉街に辿《たど》り着いた。

浅岡屋の駐車場《ちゅうしゃ》の一角に車を停《と》めて外に出ると、雪国特有の冷たくて清々《すがすが》しい空気が肌《はだ》に触《ふ》れる。大きく息を吸い込むと、都会の空気で汚《よご》れた肺の中が洗われるような気さえした。

「さあ、行くわよ」

「あ、はい」

雪道を颯爽《さっそう》と歩き出した荻野さんを、僕は慌《あわ》てて追いかけた。

仕事の一環《いっかん》で実家に顔を出すというのは、何となく気まずい。正月も忙《いそが》しいからと云って帰らなかった手前、とくに母さんの小言は避《さ》けられないような気がする。

とは云え、一人車の中で待っているなんてことが許されるはずもなく、僕は渋々《しぶしぶ》荻野さんに従い、本館の玄関《げんかん》を潜《くぐ》った。

「いらっしゃいませ——あれ？　馨？　馨じゃないか！」

「た…ただいま……」

予想通り驚《おどろ》いた顔をした兄に、僕はぎこちなく挨拶《あいさつ》をする。

「どうしたんだよ、いきなり。今日帰ってくるなんて云ってたっけ？」

「いや、僕も帰るつもりは全然なかったんだけど、気がついたら連れて来られてて……」

ちらりと荻野さんのほうを見て助けを求めると、彼女は完璧《かんぺき》に作られた営業スマイルで名刺《めいし》を差し出した。

「改めてご挨拶させていただきます。私、秋芳社文芸出版部、第一編集部で浅岡くんの上司をしております編集長の荻野由利と申します」

「最近いらっしゃっている方ですよね？　馨の上司の方だったんですか。私は馨の兄の浅岡誓《せい》と申します。いつも馨がお世話になっております。あの…今日も久慈様に…？」

兄の言葉から、荻野さんの『久慈詣《もうで》』がすでに通例となっていることがわかる。きっと、他社の編集も荻野さんと同じように久慈先生の説得に通って来ているのだろう。

「ええ、ご迷惑《めいわく》をおかけしていることは重々承知しておりますが、今日もこちらで待たせていただいてもよろしいでしょうか？」

「それは構いませんが、お取り次ぎをしてもお会いになられるかどうかは……。一昨日《おととい》もどこかの出版社の方がお見えになってましたが、お部屋から出ていらっしゃいませんでしたし」

――やっぱり……どの会社も持久戦を強《し》いられているのか……。

「もちろん覚悟《かくご》しております。先生はいま、お部屋ですか？」

「いえ、先ほど、散歩に出ると云って外へ行かれましたけど」

「でしたら、こちらで待たせていただきます。帰って来られたところでお話しできるかもしれませんし……――あっ、久慈先生！」

「え!?」

突然《とつぜん》の荻野さんの声に、僕はビクリと体を震《ふる》わせる。恐《おそ》る恐る視線を巡《めぐ》らせると、暗い色合いのコートを着た男性が入り口のところに立っていた。

――これが、本物の久慈嘉彦……。

憧《あこが》れの作家が目の前にいるのだと思うだけで、心臓が高鳴るのが分かる。なのに僕は、金縛《かなしば》りに遭《あ》ってしまったかのように、一歩もその場から動くことができなかった。

写真の中の彼もかなりの男前だったけれど、こうして目の当《ま》たりにする久慈嘉彦は期待を裏切ることのない端整《たんせい》な顔立ちをしている。

写真のまんまの人だ……。

いや、むしろ写真なんかより本物のほうがずっとカッコいいかもしれない。

長身でコートに包まれた体は文筆業の割にがっしりとしており、作家だと云われなければモデルや俳優で通用してしまいそうな容姿をしているし、無造作に伸《の》ばされた少し長めの黒髪《くろかみ》もだらしなく映るどころか野性的な風貌《ふうぼう》を醸《かも》し出してさえいる。

想像していたような繊細《せんさい》な人物像のイメージはどこにもなく、眉《まゆ》を顰《ひそ》める様子はどちらかと云うと気難しい芸術家か何かのようだ。

「……荻野さんか」

「久慈先生、少しお話しさせていただきたいのですが、お時間いただけないでしょうか？」

「話すことなんか何もない」

長めの前髪がかかった瞳《ひとみ》は、こちらをまともに見ようとしない。おまけに、気怠《けだる》げな答えはあまりにそっけなく、愛想《あいそ》の欠片《かけら》も見当たらなかった。

「ですが、先生…っ」

「書く気になったら、こちらから連絡《れんらく》する。何度も云うが、いまは放《ほう》っておいてくれ」

「あ……っ」

初めて目にした久慈嘉彦は、とりつく島もないまま、踵《きびす》を返して客室のほうへと戻《もど》ってしまった。残された僕たちの間には、気まずい空気が流れる。

「い…行っちゃいましたね……」

「しくじったわ……。こうなったら、今日は部屋から出てこないかも……」

荻野さんはガクリと肩《かた》を落とし、ため息をつく。

「そ、そうなんですか…？」

「元から気難しいところがあったんだけど、このところ人嫌《ひとぎら》いが酷《ひど》くなってるみたいで、まともに取り合ってもくれないのよね〜」

「でも、書く気になったら連絡するって……」

「そんなの待ってたらいつになるかわからないでしょ!? 作家の尻《しり》を叩《たた》いて、宥《なだ》め賺《すか》して泣き落としをしてでも原稿《げんこう》を書かせるのが、編集の仕事じゃないの！」

「は、はあ…」

荻野さんの泣き落としって……まったく想像がつかないんですが。

でも、荻野さんの云っていることはもっともだけど、あそこまでやる気のない人間の尻を叩いたところで逃《に》げられるだけなのではないだろうか？

「まぁ、今日はこれで東京にとんぼ返りね…。顔を見れただけでも良しとするか」

「そうですね…」

三時間以上かけて来て、話せたのは三分にも満たない。前向きな発言をしつつも、さすがの荻野さんもちょっとガッカリしていた。

するとその様子を見ていた兄さんが、タイミングを見計らったかのようにして声をかけてきたのだ。

「あの、せっかくですし、よかったらあちらにおかけになっていて下さい。いまお茶をお持ちしますから」

「いいえ、そんな！　ご迷惑をおかけしているのは私どものほうなんですから、お気遣《きづか》いなく……」

「母もそろそろ手が空くと思いますので、よかったら普段《ふだん》の馨の話をしてやって下さい」

「えっ、兄さん！　それはちょっと……」

兄の口から出た言葉に、僕のほうが慌ててしまう。荻野さんに話をさせたら、あることないこと云われてしまうに決まってる。

「いいじゃないか。母さん、馨が電話もくれないって心配してるんだぞ」

「う……」

しようと思っているけれど、旅館の仕事は朝が早くて、編集の仕事は夜が遅《おそ》いから、なかなか電話をするタイミングが掴《つか》めないのだ。土日だって、仕事してることが多いし、一日休める日はほとんど布団《ふとん》の中で過ごしてしまい、気がつくと夕方だ。

……でも、それってただの云い訳だよな。五分や十分くらいの電話、仕事の隙《すき》を見ればいつでもできるけれど、それをしないのはやはり面倒《めんどう》だからだ……。

「浅岡くんは一生懸命《けんめい》働いてくれてますから、ご安心下さい。でもご迷惑でなければ、私もお母様にはご挨拶させていただきたいのですが」

「荻野さん……」

不安に満ちた目で見つめると、反論は許さないと云《い》わんばかりのにこやかな笑顔《えがお》が向けられた。何を云っても悪足掻《わるあが》きになってしまいそうだったので、僕はそれきり口を噤《つぐ》む。

「それでは、こちらでしばらくお待ち願えますか？——ほら、お前も来い。お茶淹《い》れるのくらい手伝えよ」

「わかったよ……」

ロビーに荻野さんを残し、僕は兄と共に調理場へと向かった。就職してからずっと戻っていなかった実家は少しも変わったところがなく、ほっとした気分になる。

懐《なつ》かしさを嬉《うれ》しく思いながら、僕は隣《となり》を歩く兄に話しかけた。

「全然変わってないね」

「当たり前だろ。お前は少し変わったかな、顔つきが大人びてきた気がするよ」

「そうかな」

応《こた》えながら、僕はちょっとだけ表情を緩《ゆる》ませてしまう。

確かに、この一年は自分なりに精一杯《せいいっぱい》やってきたつもりだ。その成果が少しでも外見に出てくれているのだとしたら、ちょっと嬉しいかもしれない。

「背も伸びたんじゃないのか？」

「……ッ!?」

——パンッ！

そう云って肩をポンと叩かれた瞬間《しゅんかん》、僕は反射的にそれを振《ふ》り払《はら》っていた。

「……あ……」

やって、しまった……。

無意識に近い自分の反応に、僕は青ざめた。

すると、兄はそんな僕に向かって、深いため息をつく。

「その様子じゃ、まだ治ってないみたいだな……」

「ご、ごめん…」

「謝らなくていい。試《ため》すようなことをした俺が悪いんだからな。けど、そんな調子で仕事のほうは大丈夫《だいじょうぶ》なのか？」

「昔ほど酷くないから平気だよ。構えてれば何とかなるし、満員電車とかはダメだけど、乗らなければ問題ないから。それに、普通《ふつう》に話してるぶんには全然大丈夫だし……」

兄を安心させようと、僕は慌《あわ》てて現状を報告する。だけど、せっかく顔つきが大人びたと云ってもらえたのに、中身がまったく変わってないなんて、情けないと思われても仕方ない。

「そうか」

「うん……」

——失敗した。また、兄さんに心配をかけてしまった…。

家族以外で知っている人は親しい友人以外、ほとんどいないのだが——僕は『男』が苦手なのだ。

男が男を苦手だなんて、当たり前のことだと思うかもしれないけれど、僕の『男嫌い』はそれとはちょっと違《ちが》う。

そばにいることや会話をすることは大丈夫だけど、握手《あくしゅ》はダメ、接触《せっしょく》も嫌い、抱擁《ほうよう》なんてもっての外。そう、一定の距離《きょり》を保って話をすることはできるのだが、ちょっとでも触《ふ》れようものなら鳥肌《とりはだ》が立ち、酷いときにはそれがストレスとなって蕁麻疹《じんましん》として体に出てしまうのだ。

女性はまったく問題ないのだが、男性はどんな相手でもとにかくダメ。

対人恐怖症《きょうふしょう》とも違うこの特殊《とくしゅ》な症状を、兄は『男性接触嫌悪症《せっしょくけんお》』と呼ぶ。だが、原因がストレス、つまり精神的なものであるため、これといった具体的な対処法がないのが困りものだったりする。

社会人になったいまは、体育の授業などでどうしても男に触れなくてはならないような事態がなくなったお陰《かげ》で、それなりに平穏《へいおん》に暮らせてはいるけれど……。

「お前が苦労してないんならいいんだが、何か困ったことがあったらちゃんと相談しろよ？」

「うん……」

「まぁ、昔はちょっと触れただけでも吐《は》いてたしな。それよりは症状もよくなっているのかもしれないな」

「そうだね……」

結局はこうして、いまも家族には心配をかけてしまっているのだ。社会人になって家からも独立して働くようにまでなったというのに、本当に情けないと思う。

「はぁ…」

僕は兄にバレないよう、こっそりとため息を零《こぼ》した。

普通こういったことは、原因がはっきりしていないことが多いらしい。けれど、僕の場合この男嫌いに関しては、原因がはっきりしている。

——あれは小学生の頃《ころ》。

僕は、背も低く声も高かったため、よく女の子と間違えられていた。旅館に泊《と》まりに来ていたセクハラオヤジにべたべたと触《さわ》られることも多々あり、それを不快に思っていたのだが、ある時、僕を男嫌いにした決定的な事件が起こったのだ。

近所に同世代の友達もいなかった僕は、何日も泊まっていた大学生くらいの男の人と仲よくなったことがあった。名前も忘れてしまったけれど、優《やさ》しそうな人で、子供でも嫌《いや》がらず遊び相手になってくれたような人だったのに——その人が帰る直前、突然《とつぜん》キスをしたのだ。

仲よくなれて喜んでいた矢先、男にキスなんかされた僕は、物凄《ものすご》いショックを受けた。

その人とはそれきり会うこともなかったけれど、初めてのキスは幼い心に根深く残り、僕のトラウマとなった。裏切られたような気持ちも大きかったのかもしれない。

それからというもの僕は同性を、とくに年上の人を意識し、それは次第《しだい》に警戒《けいかい》へと変わっていき、やがて相手が男なら誰《だれ》であろうと指が触れることさえ厭《いと》わしく思うようになったのだ。

未《いま》だに接触だけはままならないが、いまでは相手との距離の取り方は覚えたし、満員電車などは意識すればそれなりに避《さ》けることができる。だから、昔ほど大きな問題ではなくなった。

だけど——あのときのキスを、どうしても僕は忘れることができない。

映画でキスシーンを見たり、つき合っている女の子とキスをしたり……そんなときは必ずと云っていいほど、あの男とのキスを思い出してしまう。思い出すだけでなく、時折、夢にまで見たりするのだから質《たち》が悪い。

こんな状態で、接客業などできるはずもない。本来なら、僕も旅館の運営を手伝ってしかるべきなのだが、この体質のせいでお客様に失礼をしかねないため『好きな道に進みなさい』と云ってくれた兄の言葉に甘えていまに至る。

「ごめん、僕がこんなだから兄さんにウチのことを押しつけるみたいになっちゃって……」

「バカだな、押しつけられたなんて思ってない。俺が選んでこの仕事をしてるんだ。まあ、馨にも手伝ってもらえればありがたいが、無理はして欲しくないからな。後ろめたく思うんだったら、連休のときは帰ってきて裏方の仕事でもしてくれ」

「うん……」

　多分兄さんは、申し訳ないと思う気持ちから足が遠退《とおの》いていた僕のことなど、お見通しだったのだろう。兄は仕事で忙《いそが》しかった両親の代わりに、僕を育ててくれたようなものだから当然かもしれない。

「すぐに東京へ戻《もど》るのか？」

「うん。荻野さんは日帰りのつもりみたい」

　せっかく実家に帰ってきたのだから、せめて一泊《ぱく》くらいできればいいのだが、仕事人間の荻野さんにしてみたらそれによって生まれる時間のロスが許せないのだろう。

「久慈様も、なかなか難しい方のようだから大変だな」

「そうだね」

　きっと久慈先生への説得には、かなりの時間を要するだろう。時間がかかっても必要なことだってわかってるけど――それとは別に、せめて一言くらい話をしてみたい…。

　荻野さんにそれを云ったら、仕事を何だと思ってるのと説教されるだろうけれど、それがファン心理というものなのだ。

　どうせなら、久慈先生の本を持ってきておけばよかった。そうしたら、もしかしたらサインがもらえたかもしれないのに……。

「兄さん、久慈先生に会ういいチャンスはないかなぁ」

僕は歩きながら兄に小声で囁《ささや》いた。

旅館側がお客様の情報をあれこれ話すのは、職業倫理《りんり》上よろしくないけれど、このままでは埒《らち》が明かない。身内の僕が困っているということで、今回だけはお目こぼししてもらおう。

「そうだなぁ…いつも朝食のあとに散歩をなさってるから、そのときなら話ができるかもしれないけど……」

「どの辺を散歩してるの？」

「いまはけっこう雪が深いからな。ウチの裏の庭を一回りするくらいだと思う」

「じゃあ、入り口で張ってたら会えるかな」

この『浅岡屋』の売りは、古い建物や料理の他《ほか》に広い庭園がある。庭園は、敷地《しきち》の半分以上を占《し》めているほどの広さだ。いまは雪で埋《う》もれて、人が歩ける程度にしか雪かきされていないだろうけれど、春は山桜、秋は紅葉が美しい。

「あまりしつこくして困らせないでくれよ？　長期滞在《たいざい》してくれているウチの大事なお客様なんだからな」

「わかってるって」

仕事も大事だけれど、僕としては少し話をしてみたいだけなのだ。

荻野さんや会社の言い分はわかるけれど、本人が書きたくないと云《い》っているのに無理強《むりじ》いするのは、僕的には抵抗《ていこう》がある。新作は読みたいけど、嫌々《いやいや》書いた作品を世に出すのは作家にとっても不本意なことだろうし、読者にも失礼なことじゃないだろうか。

──なんか、やっぱりファン心理が抜《ぬ》けないな……僕は……。

でも、もし久慈先生が、女性である荻野さんには話しにくいような悩《なや》みを抱《かか》えていたりするのなら、僕にも話を聞くことくらいはできるかもしれないし……。

と云っても、近くにいるだけであれだけ緊張《きんちょう》して微動《びどう》だにできなかった僕に、話ができるかどうかは定《さだ》かではないけれど。

「泊まっていけるなら、雪かきくらいしてもらおうと思ったんだけどな」

「えー、僕なんかより兄さんのほうが力あるじゃん…」

「俺はやり飽《あ》きたんだよ。お前は少し力仕事でもして体力つけたほうがいいぞ」

「大丈夫《だいじょうぶ》だよ」

そんな何気ない言葉を交《か》わしながら従業員用の細い廊下《ろうか》を抜けると、厨房《ちゅうぼう》に辿《たど》り着いた。

仕込みの出汁《だし》のいい匂《にお》いが漂《ただよ》い、空っぽのお腹《なか》を刺激《しげき》する。そういえば、徹夜《てつや》明けで車に乗せられたせいで、朝から何も食べていなかったたっけ？

「母さん、いま手空《す》いてる？」

「なぁに？　私も今日の献立《こんだて》のことで相談したいことがあるのよ。それでね──」

兄の言葉に振《ふ》り返った母は、案の定、僕の顔を見てぽかんと口を開けた。

「馨？」

「た、ただいま」

気まずさを笑って誤魔化《ごまか》していると、ツカツカと歩み寄ってきた母にがっしりと肩《かた》を摑《つか》まれ、詰《つ》め寄られる。

「馨！　いったいいつ帰ってきたの!?　今年も戻れないって云ってたじゃないの！」

「ついさっきだよ。でも、帰ってきたんじゃなくて、仕事で……」

「仕事？　取材か何か？　せめて来る前に連絡《れんらく》くらい寄越《よこ》しなさいよ。それでいつまでここにいられるの？」

「ええと……」

矢継《やつ》ぎ早《ばや》の質問に目が回る。せっかちなのは、少しも変わってないらしい。

「そうじゃないんだ、母さん。いま、ウチに作家の先生が泊まってらっしゃるだろう。あの先生の担当をしているのが馨の上司の方で、馨はそのお供で来たみたいなんだ」

僕が困っていると、兄が助け船を出してくれる。すると、僕の肩を摑んでいた母の手から、ふっと力が抜けた。

「あら、そうなの？　それなら母さんご挨拶《あいさつ》しないと。誓、お茶はお出しした？」

「いや、これからなんだ」

「もうっ、そういうことは早く云いなさいよ。確か、いい生菓子《なまがし》があったわよね。あっ、織田《おだ》くん、献立のほうは任せちゃっていいかしら？」

「大丈夫ですよ、あとは水菓子を決めるだけですから」

母はいそいそとお湯を沸《わ》かし、お茶を淹《い》れる準備を始める。あまりの行動の速さに呆気《あっけ》に取られていると、板長《いたちょう》の織田さんがくすくすと笑いながら僕のほうを向いた。

「馨さん、おかえりなさい」

「ただいまです。母さん、相変わらずみたいですね」

現在、板場《いたば》を取り仕切ってくれている織田さんは、ウチに来てから十年にもなるベテランの料理人だ。去年、前任の板長が年齢《ねんれい》を理由に退職したあとを継《つ》いで板長になってくれている。

ここに来る前は、どこだったかの有名ホテルの著名なシェフのもとで修業をしていて、一番弟子とも云われたほどの腕前《うでまえ》だったため、いまでも度々《たびたび》レストランやホテルから厚待遇《こうたいぐう》での引き抜きの話が来ているらしいけれど、どういうわけか首を横に振り続け、ウチの旅館に残ってくれているのだ。

いつもニコニコ笑っている織田さんがどんなに凄《すご》いのかは僕にはピンとこないけれど、彼の作る料理が本当に美味《おい》しいことだけはわかる。

「――それで、これからどうするんだ？」

「僕としてはできたら一泊くらいしていきたいんだけど、編集長がなぁ…」

明日も仕事だから日帰りをすると云い張っていたけれど、この時季は日が暮れるのも早いから暗い雪道を運転して帰るのは些《いささ》か不安が伴《ともな》う。ついでに云うと、僕は徹夜の校了《こうりょう》明けだというのに、車で三時間位しか寝ていないのだ。正直、いますぐまともな布団《ふとん》でゆっくり寝《ね》たいし、風呂《ふろ》にだって入りたい。

「一部屋こちらで用意するから泊《と》まっていってもらったらどうだ？　いまはお年寄りのお客様ばかりで静かなもんだし、幸い今日なら使ってる部屋も少ないから大丈夫だぞ？　それに、母さんもきっと編集長さんに勧《すす》めてるだろうから」

「そうだなぁ……って、母さんもう荻野さんのところ行ったの⁉」

気がつくと母の姿はもうなく、厨房には僕と兄、そして織田さんが残されていた。

「いそいそとお茶持ってったよ」

「あ、そう……」

我が母ながら、その素早《すばや》さに感心してしまう。母さんのことだ、きっと荻野さんからあれこれ聞き出し、ついでに僕の昔話までしているに違《ちが》いない。

あとで荻野さんに何て云われるだろう……。絶対に笑い者にされるに決まってる……。

二人きりになる東京までの帰り道の数時間のことを考えると、僕は気が重くなってくる。

「お前は自分の部屋でいいだろ？　久々に帰ってきたんだし、たまにはウチの温泉で疲《つか》れを取っていけばいいじゃないか」

「うん、まあ泊まっていくお許しが編集長から出たらね」

僕は苦笑《くしょう》しながらそう答えた。

荻野さんが気持ちを変えて、泊まっていく気になってくれればいいんだけど。

そう思いながら母のあとを追いかけるようにしてロビーに戻《もど》ると――そこでは、女性二人がすっかり意気投合し、和気藹々《あいあい》と話し込んでいたのだった……。


兄の予想通り、母は荻野さんに是非《ぜひ》とも泊まっていってくれと力いっぱい勧めていた。

初めは固辞していた荻野さんだったが、さっき兄から聞いた『久慈先生は朝に散歩をするのが日課らしい』という情報を僕がリークすると最終的には折れ、一泊して明日の昼に東京に戻ることになった。

実際のところ荻野さんも、母が自慢《じまん》しまくったこの宿の天然露天風呂と懐石《かいせき》料理にかなり心が動いていたようで、食事どきには久慈先生と話ができず肩を落としていたことが嘘《うそ》のように上機嫌《じょうきげん》になっていた。

荻野さんと共に織田さんの作った料理に舌鼓《したつづみ》を打ち、明日の朝の段取りについて打ち合わせする。それから荻野さんと別れて久しぶりに自分の部屋に戻った僕は、寝る前にどうしても風呂に入りたくて、着替《きが》えの浴衣《ゆかた》を手に別棟《べつむね》にある大浴場へと向かうことにした。

「久しぶりだな、ウチの風呂に入るの」

本来、旅館の従業員はお客様が全員入り終えてから風呂を使うのだが、何日も風呂に入ってないと云《い》ったら『いますぐお風呂に入りなさい!』と、特別に母から許可が下りたのだ。

下駄《げた》を鳴らしながら石畳《いしだたみ》の階段を下りていくと、風呂上がりらしき男性客がこちらのほうへと歩いてくるのが目に入った。僕は昔から躾《しつ》けられたくせで、階段の踊《おど》り場付近で足を止めてお客様の邪魔《じゃま》にならないよう隅《すみ》に寄ってしまう。

だが、何気なく目を遣《や》った僕は、浴衣を身に纏《まと》ったお客様の長身でバランスのいい体つきに目を奪《うば》われ、思わず感心してしまった。

あんなふうに肩幅《かたはば》が広ければ、浴衣もスーツも何でも似合うよな。細身の僕からしてみたら、羨《うらや》ましい限りだ。

でも、この時季のお客様は年配の方が多いって兄さんは云ってたけど、こんな若い人も泊まってるんだな。平日に泊まってるってことは、有給を使って羽を伸《の》ばしに来たんだろうか?

……って、ちょっと待てよ?

いま泊まってるお客様で、若めの人って云ったら——?

そこまで考えてから、僕の心臓は、どくん、どくん、と早鐘《はやがね》を打ち始めた。外にあるこの階段は黙《だま》って立っていれば凍《こご》えるほどに寒いはずなのに、背中がじっとりと汗《あせ》ばんでくる。

そして、近づいてくる男性が階段の下に差しかかり、ふと顔を上げた瞬間《しゅんかん》、僕の緊張はピークに達した。

「く、久慈先生…っ」

予想通りの人物に、僕は上擦《うわず》った声で名前を呼んでしまう。しかし、僕の声にはっとした彼は、案の定、面倒《めんどう》ごとを避《さ》けようとするかのように踵《きびす》を返した。

「あっ！　ちょっと待って下さい!!　せんせ――」

慌《あわ》てて呼び止めようとした僕は、あろうことかそこが階段の途中《とちゅう》であったことを失念していた。足を踏《ふ》み出した先には何もなく、意に染まぬ方向に体が傾《かし》ぐ。

「しまっ……」

――落ちる…っ！

伸ばした手は、手摺《てす》りを掴めず虚《むな》しく空《くう》を切る。どうにか体勢を整えようと、浮《う》いた体で必死に踠《もが》いたけれど、呆気《あっけ》なく僕の体は階下に落ちていった。

「……ッ!?」

一番下まであと十数段だったのは幸いだったが――。

「っつー……」

痛みに声を上げたのは、僕じゃない。

「すすすすみませんっ！　久慈先生！」

なんと、バランスを崩《くず》して転げ落ちた僕は、階下にいた久慈先生を下敷《したじ》きにしてしまったのだ。

急いで飛び退《の》き、先生を助け起こしたけれど、僕が押し潰《つぶ》してしまった弾《はず》みで痛めてしまったらしく、右手首をもう一方の手で押さえ、辛《つら》そうな顔をしている。

——怪我《けが》をさせちゃったんだ……。

僕は自分のしでかしてしまったことの重大さに、血の気が引いていく。よりによって、ベストセラー作家・久慈嘉彦の仕事道具である手を傷つけてしまうなんて。どうしよう、どうしたらいいんだろう……。

「本当にすみませんっ！　申し訳ありません…っ」

青ざめながら、僕はただただ頭を下げる。

「——お前、どこの人間だ？」

「し…秋芳社文芸出版部、第一編集部の浅岡馨と申します」

「……っ！」

僕は思わずその場で正座をし、上擦る声で告げた。

小説家にとって大事な大事な手に、怪我を負わせてしまったのだ。多分、首になるだけじゃ許してもらえないだろう。もちろん、責任は取る気でいたし、僕にできることだったら何でもするつもりだ。

だけど、何を云われるかと体を硬《かた》くして項垂《うなだ》れていた僕の耳に聞こえてきたのは、怒《いか》りの消えた久慈先生の戸惑《とまど》った声だった。

「浅岡……？」

微《かす》かに目を瞠《みは》り、僕の名を呆然《ぼうぜん》と呟《つぶや》く。

「あっ、僕はここの次男で、兄が旅館を継《つ》いでるんです。秋芳社には去年の春入社したばかりでして……」

僕は、名字が引っかかったのかと思い、慌てて自分の素性《すじょう》を説明する。兄や母には迷惑《めいわく》がかかるかもしれないが、咄嗟《とっさ》にそんなことまで考える余裕《よゆう》はなかった。

しかし、先生は呆然としたまま、一度もまともに見ようとしなかった僕の顔を、今度はまじまじと凝視《ぎょうし》してくる。

「お前……こんなところにいたのか……」

キツく両肩《かた》を摑《つか》まれ、物云いたげな瞳《ひとみ》で見つめられる。その視線でドギマギしてしまい、告げられた不可解な言葉へ問い返す声も震《ふる》えてしまった。

「それ、どういう……——」

自分の声が途《と》切《ぎ》れた理由が、最初は僕にはわからなかった。

わかったのは、冷えた体の中で唇《くちびる》だけが熱かったことだけ——…。

「——」

キス、されてる、のか…？

そう思った瞬間、僕の体はカッと熱くなった。

「……っ」

それはあの日のキスを彷彿《ほうふつ》とさせるようなキスだった。

先生は呆然としていた僕の首の後ろを強く引き寄せたかと思うと、口腔《こうこう》にもっと熱いものを忍《しの》び込ませてくる。

「ん、ぅ……っ!?」

ざらりと舌が擦《こす》れたときに生まれたざわめきは、僕の体を震えさせた。嫌悪《けんお》とはまったく違《ちが》うそれに、僕は戸惑いを覚えてしまう。

「……は…んっ…」

唇を貪《むさぼ》られ、舌を絡《から》め取られているというのに、感じるのは……快感ばかり。

——何で、気持ち悪くないんだ……？　相手は男だぞ？　僕の大嫌《だいきら》いな？

兄に触《さわ》られることにさえ拒否《きょひ》反応が出てしまうのに、こんなキスが平気なんておかしい。

で、でも、どうして先生が僕にキスなんか……。

だけど僕の困惑《こんわく》をよそに、キスはどんどん深くなっていく。先生は僕の唇を貪り、口腔を淫《みだ》らに掻《か》き乱してきた。

「んん、やっ、んく…ふ……っ」

僕は必死で相手の体を押し返し、顔を背《そむ》けようとしたけれど、追いかけられて再びさらに唇を塞《ふさ》がれる。おまけに抵抗《ていこう》しようにも、何故《なぜ》か手足に力が入らない。

腰《こし》が抜《ぬ》けそうなほどの深いキスを気持ち悪いと思うどころか、体の芯《しん》が熱くなってくる。

逃《に》げなければと思うのに、体が云うことを聞いてくれない。

「んっ……ンぅ……」

まるで恋人《こいびと》にするかのような濃厚《のうこう》な口づけは執拗《しつよう》で、僕の頭から思考を奪っていく。下腹部はジン…と疼《うず》き、体の中心に熱を集めていった。

あまりの気持ちよさに酔《よ》いかけた僕だったが、膝《ひざ》を左右に割られ、明確な反応を示す場所を膝頭《ひざがしら》で押すように刺激《しげき》された瞬間、はっとなった。

「……ッ!!」

嘘《うそ》だろ…っ!?　何でキス程度で、こんなことになってるんだ!?

ていうか、どうして先生の膝が――。

腰を引かれ、膝がさらに強く押しつけられる。擦れる感触《かんしょく》に、僕のそこは硬度《こうど》を増しジーンズがキツく感じるほどに張り詰《つ》めた。

「んんっ、ん…っ、んっ」

これ、絶対に意識してやってる…!

云い訳のしようもない体の変化とそのことに先生が気づいているという事実に愕然《がくぜん》とする。

パニックが最高潮に達した僕は、渾身《こんしん》の力で先生の体を突《つ》き飛ばしていた。

「……っ!」

「おい…っ」

「し、失礼します!!」

――いったい何なんだ!?

わけがわからないまま、僕は落ちていた浴衣《ゆかた》を拾い、階段を駆《か》け上る。

このときの僕には、一刻も早くこの場から逃げ出すことしか考えられなかったんだ……。

2

「はー……」

窓の外の清々《すがすが》しい天気とは対照的に、僕の心はどんよりと曇《くも》りまくっていた。

「なぁに、ため息ついてるのー？」

「あ、響子《きょうこ》さんに絵美《えみ》ちゃん……」

ラウンジの窓から外を眺《なが》めていると、通りかかった受付嬢《じょう》二人に声をかけられた。これから休憩《きゅうけい》に行くのか、手には財布《さいふ》が握《にぎ》られている。

彼女たちとはよくランチを一緒《いっしょ》に摂《と》る仲で、時折相談にも乗ってもらっている間柄《あいだがら》だ。

「珍《めずら》しくスーツ着てるかと思ったら、やけに沈《しず》んでるじゃない。何かあったの？」

「うん、まあちょっと……」

営業担当ならともかく、基本的にラフな格好が許されている編集者が、会社内でスーツを着ていることは珍しい。前に着たのは年末にあった社のパーティーのときだったはずだ。

「本当に元気ないですね？　何かあったんですか？」

「ほら、あれじゃない？　こないだ振《ふ》られたってやつ」

「あ、なるほど！」

「うわ、響子さんまで知ってんの⁉」

どうして、この二人にまでそんなことがバレてるんだ⁉

僕が愕然としていると、響子さんがカラカラと笑った。

「有名よー、『あたしより美人の彼氏なんて嫌《いや》』って振られたって」

「……そうですか……」

入稿《にゆうこう》でバタバタしているときに、編集部で振られたことをぽろりと愚痴《ぐち》った僕が悪かった。だけどまさか、たった数日で会社中に伝わるなんて。ここまで拡大した伝染源は、絶対に荻野さんに決まってる。

「今日のため息はそのせい？　だから、あたしにしておけばよかったのに」

項垂《うなだ》れた顔を下から覗《のぞ》き込まれると、ふわりと甘いい匂《にお》いがする。視界に柔《やわ》らかそうな胸の膨《ふく》らみが映り、思わず目を奪《うば》われた。

やっぱ、女の人はいいよなぁ。いい匂いがするし、柔らかいし……。

「いま、後悔《こうかい》してる最中です……」

「いまからでも遅《おそ》くないわよ？　今晩慰《なぐさ》めてあげようか」

「ホントに？　そんなこと云《い》うと、本気で甘えちゃいますよ？」

香水《こうすい》の匂いよりも甘い誘《さそ》いに気持ちが傾《かたむ》く。

「あっ、響子さんずるーい！　浅岡くんのこと、あたしも狙《ねら》ってたのに〜」

「何云ってるの、早いもの勝ちよ。ね、浅岡くん」

「え～っ、そんなことないですよねえ？」

「え？　あ、うん、まあ……」

もう女の子だったら、僕的にはどっちでもいいんだけどな……。

美人からのアプローチに気をよくしつつ、曖昧《あいまい》な返事を口にしていると、背後から凍《こお》りついてしまいそうなほどの冷ややかな声が聞こえてきた。

「浅岡くん？　そんなところで何してるの？」

「あっ！　お、荻野さん……」

顔に浮《う》かんでいるのはにこやかな笑顔《えがお》だったが、そのすぐ下にある鬼《おに》のような表情が僕の心の目には見えてしまう。

冷や汗《あせ》を掻きながら、僕は笑顔を返した。

「お、お疲《つか》れ様です」

「今日からどこに行くのか忘れてたりしないわよね？」

「も、もちろんです」

「だったら、遊んでないでさっさと引き継《つ》ぎしなさい。約束の時間、何時だと思ってるの？」

「すみません……」

逃げ出すことのできない現実を目の前に突きつけられ、僕は改めて目の前が真っ暗になる。

一方の荻野さんは、云うだけ云うと、ヵヵヵヵと忙《いそが》しそうにどこかに行ってしまった。

「なぁに？　浅岡くん、これからどこか行くの？」

「うん…まあ、色々あってね……」

説明するのも憂鬱《ゆううつ》で、また一人ため息をつく。

「――はぁ……」

実はあのあと、予想もしない展開に進んでしまい、とんでもない約束が久慈先生と荻野さんの間で交《か》わされてしまったのだ。

あの日、久慈先生のもとから逃げ出した僕は、一旦《いったん》は自分の部屋に駆け込んだけれど、自分のしでかしてしまったことの重大さを思い出し、恐《おそ》る恐る荻野さんに報告に行った。

僕の報告（もちろん、キスされたことは黙《だま》っておいた）に真っ青になった荻野さんと久慈先生に謝りに行こうとしたら、先生はフロント前のロビーでウチの母に手首の手当てをしてもらっているところだったのだ。

『ウチの浅岡がご迷惑《めいわく》をおかけしました！』

『もっ…申し訳ございませんでした!!』

逃げ出したい気持ちを必死に抑《おさ》えて、僕は荻野さんと一緒《いっしょ》に頭を下げた。何はともあれ、怪《け》我《が》をさせてしまったのは事実なのだから。その後とんでもないことはされたけれど、現状で謝らなければいけないのは僕のほうだし。

『ああ、荻野さんか』

　すると、当の本人は何事もなかったかのような顔を僕たちに向けた。そして、次に先生の口から発せられた言葉に、僕はさらに驚《おどろ》いたのだ。

『俺は別に怒《おこ》ってなどいない。その頭を上げてくれ』

　荻野さんは先生のことをとても気難しい人だと云っていたけれど、当人の口から出てきたのは寛大《かんだい》としか云いようのない言葉だった。

『ですが、これは完全にこちらの責任です。本当に何とお詫《わ》びしていいか……』

『だから気にしていないと云っているだろう。むしろ、俺は感謝してるくらいだ』

『え？　それはどういう……』

　僕のほうは、もう何が何だかわからなかった。

　階段から落ちて先生を押し潰《つぶ》して怪我までさせてしまったのに、いったい、それの何が感謝に繋《つな》がるんだろう？

　僕が首を捻《ひね》っていると、久慈先生は真面目《まじめ》な顔でこう告げてきた。

『ショック療法《りょうほう》だったのかもしれないが、さっきの出来事のお陰《かげ》で創作意欲が湧《わ》いてきた。いまなら原稿が書けるような気がする』

『本当ですか!?』

　久慈先生の言葉に、荻野さんは瞳《ひとみ》をキラキラと輝《かがや》かせて、勢い込んで訊《き》き返す。だけど、僕はさらに首を捻るばかりだった。

さっきの何が創作意欲を掻《か》き立てたというのか。さっぱり、意味がわからない。

まさか、キスのお陰だとか云い出すのではないかと、ハラハラした気持ちで僕は久慈先生の発言を見守った。

『ただ……この手だと、キーボードを打てないのが難点だな』

『あ…そうですよね……』

人の感情というものはこんなにわかりやすいものかと感心するほど、荻野さんは喜んだり落ち込んだりと忙しい。

『――そこで提案なんだが』

『提案、ですか？』

『ああ。彼をしばらく貸してもらえないだろうか』

はい？

いま、何ておっしゃいました？？？

『それは浅岡に口述筆記のようなことをさせるということですか？』

『ああ。普段《ふだん》よりもペースは落ちるかもしれないが、何もできないよりはマシだろう。もちろん、彼が私のところに来るのが嫌だと云うのなら無理強《むりじ》いはしない』

『いえっ！　是非《ぜひ》とも使ってやって下さい!!　ご自分の右手だと思って、お好きなようにして

もらってけっこうですから!!』

『荻野さん!?』

そんな勝手に貸し出しを了承《りょうしょう》されても困ると視線で訴《うった》えると、据《す》わった目が僕を見返してきた。

『何か文句があるの?』

『う……ありません……』

怪我をさせてしまった負い目がある上に、仕事モードの荻野さんに睨《にら》まれてしまっては、拒《こば》むことなどできやしない。

で、結局、僕は渋々《しぶしぶ》と承諾《しょうだく》することになったのだ。

――僕がこれから久慈先生のお宅へ伺《うかが》うことになったのはそんなわけ。

荻野さんには久慈先生がやる気になってくれたことで、怪我をさせたという責任は不問に付してもらったが、その代わり先生の原稿が上がるまでは口述筆記だけでなく、泊《と》まり込みで身の回りの世話もしろと命じられてしまった。

あとから考えてみたのだが、先生は僕にしたキスを後悔《こうかい》してるんじゃないだろうか?

僕が誰《だれ》かに似ていて(それこそ、破談になった婚約者《こんやく》とか)、反射的にキスをしてしまったと仮定すると、そのあと僕たちに対して怒っていなかったことにも説明がつく。

先生自身も気まずく思っていたために、頭ごなしに怒れなくなってしまったのだ、きっと。

そして、怒る代わりに僕にお役目を与《あた》えて、今回のことは水に流そうとしたに違《ちが》いない。

それと、先生にキスをされて気持ち悪くなかったのは、相手が憧《あこが》れの作家だったからじゃないかと思う。本人に出逢《であ》う前から憧れていた人だったからこそ、体が嫌悪《けんお》感を覚える前に驚いてしまっていつもとは違う反応になってしまったのだろう。

「だけど、なぁ……」

久慈先生のお手伝いができることはファンとして嬉《うれ》しい限りだ。だけど、また失態をしでかしたらと思うと憂鬱にもなってくる。

だって、僕は自慢《じまん》じゃないけど、『男嫌《おとこぎら》い』なんだぞ？

あのときは驚きが先だったし、いきなりキスという逃《に》げ出してもおかしくない状況《じょうきょう》だったからまだしも、お世話をしてるときに鳥肌《とりはだ》やら蕁麻疹《じんましん》やらが出てしまったらどうするんだ。

いったい、『世話』って何をするんだよ？

「また、ため息ついてるわよ」

「あ、ごめん」

「引き継ぎとかって何のこと？　まさか、もう異動とか？」

「違う違う。ちょっと……出張みたいなものかな」

さっき、荻野さんが云《い》っていた引き継ぎというのは、当面編集部に顔を出せなくなる僕が、いま抱《かか》えている仕事を他の人に預けておくためのものだ。

ちなみに、スーツを着ているのも久慈先生の家を訪ねるため。

結局、泊まり込むことになってしまったのだが、初めて伺う日くらいはきちっとした格好をして来いという荻野さんの指令だった。

そもそも、この僕に家族以外の男と一つ屋根の下で暮らすことなんてできるのか？

久慈先生は尊敬しているし、作品は大好きだけれど、それとこれとは別問題だよな。人違いだったのかもしれないけど、前置きもなくキスしてきたような人と二人きりって、本当に大丈《だいじょ》夫《うぶ》なんだろうか……。

でも、先生に怪我を負わせちゃったのは、この僕なんだもんな。自分のしでかした失態の尻《しり》拭《ぬぐ》いは自分でしなくちゃいけないよな。

いつまでもくよくよしてても仕方ない。もしも、僕のこの体質のせいで問題が起きるようなら、そのときは素直《すなお》に事情を告げて対応すればいい。

「じゃあ、僕、準備があるからもう行くね」

「えー、行っちゃうんですか？」

「何だか大変そうねえ」

「でも、これも仕事ですから。それじゃ、失礼します」

後ろ髪《がみ》を引かれつつ、響子さんと絵美ちゃんに別れを告げ、引き継《つ》ぎをするために編集部へと戻《もど》ると、隣《となり》の席の森《もり》さんが声をかけてきた。

「よお、浅岡。大変なことになったみたいだなぁ」

「そうなんですよ……。あ、荻野さんからお話が行ってるかと思いますが、僕のいない間、よろしくお願いします」

「任せておけ。一月《ひとつき》くらいすぐだって」

「そう、ですよね」

責任を取るのは、自業《じごう》自得だから仕方のないことだ。仕事全《すべ》てを放《ほう》って行かねばならないことが心苦しいのだけれど。

――でも、そもそもどうして自分が久慈先生のもとに連れて行かれたんだろうか？

それを訊こうとしたら、行きの車の中で荻野さんに誤魔化《ごまか》されちゃったんだよな。その後も何度か訊《たず》ねようとしたのに、毎回上手《うま》く話を逸《そ》らされてしまい、結局有耶無耶《うやむや》なままだ。

「そういえば、何であの日は僕が連れて行かれたんですかねえ？」

ベテランの森さんなら何か知ってるのではないかと思って訊ねると、逆に驚かれてしまった。

「えっ!?　お前、久慈嘉彦の噂《うわさ》知らねぇの!?」

「はあ…全然……」

「荻野さんには聞いてないのか？」

「それが何も教えてくれなくて……」

森さんの反応から察するに、やはり久慈先生に関しての悪評のようなものはあったようだ。

無理矢理《むりやり》抑《おさ》え込んでいた不安が、再び頭を擡《もた》げ出す。

「あー…あの人はもう……」

森さんは額を押さえ、疲《つか》れた様子を見せる。いったい、何なのかと狼狽《うろた》えていると、話題の当人である荻野さんの声が耳に飛び込んできた。

「バレちゃったわね」

「え？」

振《ふ》り返るとそこには荻野さんが立っていた。さっき出かけたとばかり思っていたのだが、いつの間にか戻ってきていたらしい。

「だあって、教えたら逃げられると思ったんだもの」

「荻野さん……だからって、何も知らないのは浅岡だって可哀相《かわいそう》でしょうが」

「何も問題はなかったんだから、気にしない気にしない」

諭《さと》そうとする森さんに対し、荻野さんはカラカラと笑うばかりだ。森さんとの態度の違いが、僕の不安をさらに煽《あお》り立てる。

「噂っていったい何なんですか？　何を僕に隠《かく》してるんですか…？」

深刻な顔で問い詰《つ》めると、荻野さんはひょうひょうとした態度で話し始めた。

「前回はね、婚約破棄《はき》で落ち込んでるであろう先生の機嫌《きげん》を取るために、可愛《かわい》い女の子を連れて行けば喜ぶかと思って志穂ちゃんを連れてったんだけど、ケンもホロロだったのよ」

「はあ…」

志穂ちゃんを借りて行ったのはそういう理由があったのか。

じゃあ、僕は？

ごくりと唾《つば》を呑み込んで、次の言葉をじっと待つ。

「だから、次は浅岡くんを連れて行ってみたわけ。ウチの男の子の中で一番可愛いのって云ったら君でしょう？」

「僕が聞きたいのはそういうことじゃなくて…っ」

僕を選んだ理由ではなく、その目的を教えて欲しいのだ。

イライラした気持ちで詰め寄ると、荻野さんはため息をつき、知らないほうが身のためだと思うんだけどと前置いて話し始めた。

「昔、噂があったのよ。——久慈先生はゲイらしいって」

「は？」

「だから、同性愛者ってこと。一時期、男をとっかえひっかえ遊んでるって噂が流れたことがあってね〜。ホテル街で可愛い男の子連れてるの見たって子もいてさ。でも、さすがに本人に確かめられる人もいなかったから真相はわかんないんだけど」

ゲイって………久慈先生がゲイ!?

嘘《うそ》だろ、あんな男女の恋愛《れんあい》ものを書いてるのに……。

いや、でも僕にキスしたのも事実だし、本当にそうなのかもしれない。それに人の嗜好《しこう》は自由だし、非難するつもりはさらさらない。

だけど、男をとっかえひっかえするようにはとても見えない。どちらかというと、そういうことを面倒《めんどう》くさがりそうに思えるんだけど……まあ、人は見かけによらないって云うし……。

あ。でも、僕にはいきなりキスしてきたよな？　まさか、手当たり次第《しだい》ってこと!?

荻野さんから落とされた爆弾《ばくだん》発言に、僕の頭の中はパニック状態に陥《おちい》った。

「でも、婚約するくらいだから、所詮《しょせん》根も葉もない噂だったのかしらと思ってたんだけど、今回の件から推察するに、あながちデマでもなかったのかもね〜。でも、女もイケるってことはバイってこと？」

「…………」

そんなことを無邪気《むじゃき》に同意を求められても困るんですけど。

あまりのことに、頭が上手く働かなくなってしまった。僕は瞬《まばた》きをするのも忘れて固まってしまう。

ちょっと待ってくれ。

ゲイだって噂があるから、僕を連れて行ったってことはつまり——人身御供《ひとみごくう》にするつもりだったってことなのか？

先生のほうも、身の回りの世話って何をさせるつもりなんだろう……。

まさか……いや、そんな……まさかなぁ……。

「まあ、頑張《がんば》ってきてちょうだい。何事も経験よ、浅岡くん」

「……俺にはご愁傷様《しゅうしょうさま》としか云えんよ、浅岡……」

明かされた事実に声も出ない僕に、森さんは同情の眼差《まなざ》しを向けてくる。

「どういう方向性なのかはわからないけど、先生に気に入られたみたいだから、頑張って原稿《げんこう》をもらってきてね。ウチの命運は君にかかってるから！」

「そんな勝手なこと云わないで下さい！　万が一のことがあったらどうするんですか!?」

「大丈夫、大丈夫。いくら久慈先生でも、そう簡単に編集なんかに手なんか出さないでしょ」

「――――」

もうとっくに出されてますとは云えず、黙《だま》り込む。

ということは、この間のキスは人違《ひとちが》いじゃなかったってこと？　いや、でもよく考えてみたら、いくら僕が女顔だとしても女性に間違える可能性は低いだろう。

考えられるのは、僕を知り合いの男性に間違えたか、たまたま転がってきた僕にキスをしただけか――――。

あのときは僕が先に逃《に》げ出したけれど、あのまま大人しくされるがままになっていたら、何をされていたかわからない。それを思うと、頭からさーっと血の気が引いていく。

「まあ、編集が食われたって噂はまだ聞かないし、仕事とプライベートはわけてくれるわよ」

「だったら、何で僕なんですか⁉」

「君だって、一緒《いっしょ》に働くならむさいおっさんより、可愛い女の子がいいでしょう？　そういうことよ。最悪、食べられちゃうとしても、先生上手そうだし大丈夫《だいじょうぶ》よ。いいじゃない、ファンなんでしょう？」

「何が大丈夫なんですか…っっっ‼」

語尾《ごび》にハートがつきそうなくらい明るく云《い》われ、泣きそうになった。

やっぱり、この人は鬼《おに》だ……。

「とりあえず、原稿が終わるか、先生の手が治るかするまでは帰ってこなくていいから。一生懸命尽《けんめいつ》くしてらっしゃい」

「みんなでお前の無事を祈《いの》っとくからな」

そんな……。

久慈先生のことは尊敬している。ファンであることには変わりがない。

だがしかし、僕はあくまで『久慈嘉彦』の作品が好きなのであって、根本的にはやはり男は苦手なのだ。

普通《ふつう》の男が相手でもダメなのに、『ゲイ』の噂があり、自分にキスをしてきたような人の家に一人で行くことになるなんて。

でも、久慈先生なら大丈夫だろうか……。これが、昔ウチの旅館に来ていたようなセクハラオヤジだったら、逃げ出していたかもしれない。

「荻野さん、また浅岡をいじめてるんですか？」

そう云いながら出先から戻《もど》ってきたのは、北沢喬士《きたざわたかし》という同じ部署の先輩《せんぱい》だった。

学生時代はずっと陸上をやっていたというスポーツマンで、手足が長くてスタイルもよく、短く刈《か》った髪《かみ》もそのさわやかな容姿に似合っている。文字を目で追う文芸の書籍《しょせき》編集者というより、ファッション誌やスポーツ誌の編集者でもやってそうな感じのタイプの人だ。

「北沢さん……」

思わず縋《すが》るような視線を向けると、北沢さんは口の端《はし》を引き上げ、人の好《よ》い笑《え》みを浮《う》かべた。

「あら、北沢くん。人聞きが悪いわね。鍛《きた》えてると云ってちょうだい」

「鍛えるにも限度がありますよ。浅岡はまだ二年目なんですからね。今回の件は浅岡には荷が重いんじゃないんですか？」

「あんたは何かと浅岡に甘いわよねぇ。新人のうちから甘やかしてたら、この先使い物にならなくなっちゃうでしょ」

助け船を出してもらったことはありがたかったが、荻野さんの云うように確かに北沢さんは僕によく構ってくる。

僕が仕事を任されると、必ずと云っていいほど寄ってきて、あれこれと指導してくれるのだ。本当に面倒見《めんどうみ》のいい人だと思う。

「ようやく入ってきた後輩を可愛がっちゃいけないんですか？――浅岡、そんなに久慈先生のところに行くのが嫌《いや》なら、俺が代わってやってもいいんだぞ？」

「え？」

「手伝いに行く人間が代わるくらい、事情を説明すれば久慈先生だってわかってくれるさ」

「でも……」

「俺はお前が心配なんだよ。わかるだろう？」

「はい。でも、大丈夫ですよ。僕じゃ頼《たよ》りないかもしれないけど、頑張ってきます」

北沢先輩の心遣《こころづか》いは嬉《うれ》しかった。いまの言葉に甘えて、代役をしてもらうことは簡単だ。けれど、これは怪我《けが》をさせてしまった僕のケジメなのだし、久慈先生が僕を指名してきているのだから勝手に放《ほう》り出すわけにはいかない。

「そうか…？　でも、考えてみれば大出世じゃないか？　あの久慈嘉彦の担当になれたんだからな。正直、羨《うらや》ましいくらいだよ」

「はあ…でも、担当って云うより…お手伝いなだけで……」

今回は特例で僕が久慈先生の家に駆《か》り出されることになったけれど、本来の担当は荻野さんのままだ。それに不安材料だらけのこんなお手伝いを、手放しで喜べるわけがない……。

「浅岡、携帯《けいたい》貸せ」

「え？」

「俺のナンバー入れといてやるよ」

そう云われて断る理由も見つからず、僕は携帯電話をポケットから取り出し、北沢さんの手に触《ふ》れないよう注意深く手渡《てわた》した。

北沢さんは手早く僕の携帯を操作し、ナンバーを打ち込んでいく。

「辛《つら》くなったら電話してこいよ。相談ならいくらでも乗ってやるから」

「あ…ありがとうございます」

ナンバーを登録し終わった携帯を投げて返され、そちらを受け取ることにばかり意識が向いていた僕は、次の北沢さんの動作に反応しきれなかった。

「お前には俺がついてるからな」

「〜〜〜〜ッ!?」

ぽん、と肩《かた》に置かれた手の感触《かんしょく》に、激しい悪寒《おかん》が走り抜《ぬ》ける。危《あや》うく叫《さけ》び出してしまいそうな口を手で覆《おお》い、必死に奥歯を噛《か》みしめた。

腕《うで》や背中がむずむずとしてきたのは、多分ストレス性の蕁麻疹《じんましん》のせいだろう。だからと云って、仮にも先輩である人の手を振《ふ》り払《はら》うわけにもいかず、嫌悪感《けんおかん》に必死で耐《た》えながら不自然にならないように北沢さんから数歩離《はな》れた。

北沢さんは気のいい先輩で頼りになる人なのだが、こうしてスキンシップ過多なところが困りものだ。

と試みる。

僕はあははと笑って自分の席へと戻り、手足に残る鳥肌《とりはだ》を服の上から擦《こす》って嫌悪感を消そう

「い、いえ。そろそろ、引き継《つ》ぎをしないとなー……って」

「どうした？」

危なかった……。下手したら、北沢さんを殴《なぐ》ってるところだった……。

以前、客もまばらな電車内で痴漢《ちかん》に遭《あ》ったことがあるのだが、そのときは耐えきれずに手を上げてしまったのだ。そのときは近くの女性も被害《ひがい》に遭っていたため、助けてくれたと感謝されたのだが。

何とか、いまのところは社内で隠《かく》しおおせているけれど、いつ僕の『男性嫌悪症《しょう》』がバレるかと冷や冷やものだ。

飲み会などでは率先して女性陣《じん》の中に混じって、その場を凌《しの》いでいるけれど、怪《あや》しむ人が出てくるとも限らない。

ウチの会社は女性の割合が高いと云っても、出版界はまだまだ男性社会だし、男性の作家は男が苦手だと云うような担当はつけられたくないだろうし、新人のうちにそんなことが知れたら仕事をさせてもらえなくなってしまいそうで怖《こわ》いのだ。

バレたところで会社を首になるとかそういうことはないだろうけれど、そんな噂《うわさ》が立てば男性陣に不評を買うことは避《さ》けられないだろう。できることなら、当面は隠し通したいのが本音

といったところだ。

だけど、いまはそんなことを気にしている場合じゃない。まずは目の前のものから片づけていかなければ。

「そうそう、あんたが久慈先生のファンだってことは黙《だま》っておくのよ？」

「どうしてですか？」

「ヘンに浮き足立ってると思われると困るでしょう？　これは仕事なんだから」

「は、はい。わかりました」

そうだよな、ミーハー気分で来られたと思われても嫌だもんな。一ファンではなく、一人の編集者として接しなくては。

「あの、森さん。ちょっといいですか？」

「ん？」

「坂田《さかた》先生のことなんですけど――」

数少ない担当を森さんに預け、すませられる雑用は全《すべ》て終わらせ、僕は久慈先生の家へと向かうことになった。

「ここ…だよな…？」

泊《と》まり仕度《じだく》をして向かった久慈先生の家は、いまどき珍《めずら》しい古風な日本家屋だった。一見するだけでも、かなりの敷地面積を擁《よう》している。

表札も出ていなかったので、近くの電柱に書かれている番地で住所を確認《かくにん》し、荻野さんに渡されたメモと見比べてみた。

緊張《きんちょう》に震《ふる》える指で門扉《もんぴ》の横のインターホンを押してみたけれど、ウンともスンとも云《い》わない。

仕方なく僕は、扉《とびら》をノックし声を張り上げた。

「すみませーん！　秋芳社の者ですが」

広い玄関先《げんかんさき》に僕の声が虚《むな》しく響《ひび》く。

中からの返事をしばらく待ってみたけれど、物音一つ聞こえてこない。もしかして留守だろうかと思いかけたそのとき、内側から鍵《かぎ》を開ける音がした。

「待たせたか？」

そう云って開いた扉から覗《のぞ》かせた顔は、間違《まちが》いなくあの久慈嘉彦だった。

見上げるほどの長身に、漆黒《しっこく》の少し長めな髪《かみ》、鋭《するど》い眼差《まなざ》し。不遜《ふそん》で傲慢《ごうまん》そうな嫌な雰囲気《ふんいき》も全て、先日会ったときと変わらない。

いや、男の僕から見ても、確かにカッコいいとは思うんだけど——でもこの人『バイ』なんだよな…？

「どうした？」

「いえっ、これ荻野さんからの差し入れです。この度《たび》は本当に申し訳ありませんでした！　お役に立てるよう頑張《がんば》りますのでよろしくお願いします…っ」

　考えてきた口上を一息に告げ、僕は深々と頭を下げる。

「ほう、やる気はあるんだな」

「ご迷惑《めいわく》をおかけしたのは、僕ですから。その責任は取らせて下さい」

「この間みたいに逃《に》げ出さなかったことは褒《ほ》めてやるよ」

「なっ……」

　先日のことを当て擦るようなことを云われ、ムッとする。

　誰《だれ》が来いと云ったんだ、誰が！

　歓迎《かんげい》して欲しかったわけじゃないけど、言葉の選びようというものもあるだろう。

　怪我《けが》をさせてしまった僕が気負わずにすむようにとサポートを頼《たの》んできてくれたのかもと思っていたけれど、僕はこの人をだいぶ買い被《かぶ》っていたかもしれない。

「早く入れ。開けたままでいると中が冷える」

「すみません……」

　ぶっきらぼうな物云いにこっちまで言葉が硬《かた》くなってしまう。

　何か、作品のイメージとは全然違う人だよな……。

硬質《こうしつ》のハードボイルドを書いている作家本人はのんびりとした大人しい人物だったりすることもあるから、作品イコール作者の人柄《ひとがら》だとは思っていないけれど、長いことファンをしていたせいで抱《いだ》いてしまっていたイメージはすぐに払拭《ふっしょく》できない。

もっと大人で丁寧《ていねい》な人だと思っていたけれど、本当はこんなに粗雑《そざつ》な人だなんて。あんなに緻密《ちみつ》で繊細《せんさい》な文章を書くのに、家の中もかなり雑然としている。

「何突《つ》っ立ってる、浅岡。早くついてこい。家の中を案内してやる」

「はっ、はい！」

コートを脱《ぬ》ぎながら、先生のあとを追いかける。板の間の廊下《ろうか》は冷え冷えとしており、靴下《くつした》の下から冷たさが伝わってきた。

「ここが応接間で、反対のこの部屋が客間だ。ウチにいる間は、この部屋を好きに使っていい」

「ありがとうございます……」

そこは八畳《じょう》ほどの和室で、小さな文机《ふづくえ》にスタンドが置かれているだけのシンプルな部屋だった。荷物を置いていいと云われたので、言葉に甘えて鞄《かばん》とコートを部屋の隅《すみ》に置かせてもらう。

応接間のほうはと云うと、ソファーセットのところだけは空間が確保されていたが、それ以外は膨大《ぼうだい》な量の書籍《しょせき》で埋《う》め尽《つ》くされていた。

もちろん本棚《ほんだな》はあるのだが、入りきらない本が多すぎて、いくつものタワーができている。

本の虫の僕には魅力《みりょく》的な光景だったけれど、さすがにどうにかしたほうがいいのではないだろうかと心配になった。

「凄《すご》い量ですね……」

溜《た》まっていったんだ。読みたいのがあったら、好きに持って行っていい」

好きにと少しでも手を触《ふ》れたら全てが崩《くず》れてしまいそうで恐《おそ》ろしい。せめて、この家にいる間は地震《じしん》が来ませんようにと、こっそり心の中で祈《いの》る。

「あの…これは整理しないんですか？」

「どこに何があるかは把握《はあく》してる」

「それは…凄いですね……」

編集部で隣《となり》の席の森も机の上に雑然と書類を積み上げておきながら、同じようなことを口にしていたことを思い出す。この状態で全ての位置を把握しているのも、ある意味才能の一つかもしれない。

「ここから先の部屋は一切《いっさい》使ってない。この家は一人で使うには広すぎるからな」

先生が廊下を挟《はさ》んだ西側の部屋を指して云った言葉に納得《なっとく》した。外から見たときも家の大きさに圧倒《あっとう》されたが、こうして中を案内されるとその広々とした空間に圧倒される。

「ずっとここにお一人で？」

「両親は早くに離婚《りこん》して、母親はどこにいるのかわからないし、父親は俺が大学を出てすぐに亡《な》くなった。残ってたばあさんも一昨々年《さきおととし》他界した」

「そうだったんですか……」

そして、この広大な家を残されたのだと云う。こんなに広い家に一人だなんて、淋《さび》しくはないのだろうか？

「もういいか？　次行くぞ」

「は、はい」

「そこが風呂場《ふろば》で、メシを食うのはここ」

その後に覗いた台所だけは整然と片づけられており、まるでそこだけ別世界のようだった。作りは古いが、手入れが行き届いているようでシンクなどはぴかぴかで、秘《ひそ》かに覚悟《かくご》していた洗い物の溜まった光景などどこにもない。

僕が驚《おどろ》いていると、先生は淡々《たんたん》と説明する。

「ここにあるものは好きに使え。食材はそこの引き出しに入っている財布《さいふ》の中の金を使っていい。食事は夕飯だけ用意してくれれば充分《じゅうぶん》だ」

「あの……」

「何だ？」

「この台所を見る限り、どなたかが使ってらっしゃるみたいですが、勝手に弄《いじ》ってしまって本当にいいんですか？」

掃除《そうじ》の行き届いた水回りを見るに、女性の手が入っているように思える。

だとしたら、知らない人間に勝手に触《さわ》られるのは快く思わないのではないだろうか。

「別に気にしないでいい。普段《ふだん》は食事と簡単な掃除を家政婦に頼んでいるんだが、しばらくはお前がいるから休みをやったんだ」

「はあ…」

「実家を出てるんだったら、メシくらい作れるだろう？　カレーしか作れないとか云うなよ」

「一応、簡単な家庭料理なら……。先生はどんなものがお好きなんですか？」

「俺は好き嫌《きら》いはないし、とりあえず食えればいい」

「わ、わかりました」

つまり、あまり食にこだわりがあるほうではないのだろう。きっと、放《ほう》っておけば何日も食べずにいるタイプに違いない。

身の回りの世話というのはどこまでのことだろうかと思っていたが、掃除洗濯《せんたく》、食事の仕度《したく》に後片付け、それらの全《すべ》てを僕がやらねばならないということか。

小さい頃《ころ》から、色々と母親に仕込まれていたため家事は苦にならないが、自分の本業を思うと複雑な気分だ。

「何か質問は？」

「あの…手首の具合はいかがですか？」

「レントゲンを撮《と》ったら、骨にヒビが入っていた。当面使い物にならん」

「う……すみません……」

軽い捻挫《ねんざ》程度かと思っていたのに、僕はヒビまで入れてしまっていたのか……。

知らされた真実にのしかかる罪悪感は重みを増す。

「何度も謝るくらいなら、そのぶん役に立ってもらいたいもんだな」

「努力します……」

自分のしでかしてしまったことの重大さに落ち込みかけたが、いまはそんな場合じゃない。

先生の云《い》う通り、しっかりとサポートをして役に立たねば。ここでの僕の役目は原稿《げんこう》の手伝いと身の回りのお世話——つまり、家事だ。

「夕飯は何時に召《め》し上がってるんですか？」

「普段は七時前後だ。仕事の具合によって前後するが、いまは家政婦が住み込みじゃないから早めにすませてる」

僕は腕時計《うでどけい》を見ながら思案した。

買い物に行く時間を考慮《こうりょ》しても、五時までは余裕《よゆう》がある。一分でも一秒でも時間を無駄《むだ》にするのはもったいない。

「少し時間があるようですから、仕事の打ち合わせをしましょう。段取りを話し合っておいたほうが進行もスムーズに行くと思いますし」

「もう、仕事の話か？　せっかちなやつだな」

「僕はここに仕事で来たんです。遊んでる時間はありません」

「……わかった。上の書斎《しょさい》に行こう」

そう云って連れて行かれた二階は、一階とは少し違《ちが》う趣《おもむ》きがあった。和洋折衷《せっちゅう》とでも云うのだろうか、映画のワンシーンに出てきそうなモダンな造りをしている。

その二階の奥に先生が仕事をするという書斎があった。重厚なドアを開けると、肌《はだ》を包み込むような柔《やわ》らかくて暖かな空気が流れてくる。

室内は硬い板張りの床《ゆか》で壁《かべ》には作りつけの本棚が存在感をアピールしており、そこには隙間《すきま》なく本が詰《つ》め込まれている。本のインクの匂《にお》いとヒーターの灯油の匂いが、懐《なつ》かしさを感じさせた。

入り口のすぐ横には革張《かわば》りのソファー、窓際《まどぎわ》にどっしりとした机が置かれていて、それらどれもが歳月《さいげつ》を感じさせるものばかりで、机の上に置かれたパソコンだけが真新しい空気を纏《まと》っていた。

ここで、数々の作品が生み出されてきたのだろうか——そう考えると、興奮と緊張《きんちょう》で胸が高鳴ってしまう。

どう足掻《あが》いても僕は、『久慈嘉彦』のファンなのだ。本人がどんな人間であろうと、憧《あこが》れの気持ちが消えることはない。

「そこのパソコンで原稿を打ってもらう。使い方は当然わかるよな？」

「あ、は、はい」

「まずは進め方を決めるか。とりあえずそこに座れ」

そう云って、先生はソファーのほうに腰《こし》かける。

座れと云われたけれど、つい躊躇《ちゅうちょ》してしまう。憧れの作家の椅子《いす》に座るのだと思うと、それだけで足が震《ふる》えてしまう。

「どうかしたのか？　浅岡、顔が赤いぞ？」

「えっ⁉」

訝《いぶか》しそうな声で訊《たず》ねられ、僕は慌《あわ》てて自分の頬《ほお》に触れてみる。

「熱でもあるのか？」

「い、いえ、何でもありません」

やばい、感動のあまり興奮しすぎたみたいだ。ちょっと地が出そうになってしまった。

僕は落ち着かない気分で、恐《おそ》る恐る腰かける。

「仕事の進め方は、そうだな……お前にはとりあえず、俺が云う文章を打ち込んでいってもらう。まあ、普段のペースで考えるなら一月ちょっとあれば終わるだろう」

「一月ちょっと…ですか……」

「何か不満でも？」

「いえ、そういうわけじゃ……」

原稿を書く速さで考えたら単行本一冊ぶんが一月で書けてしまうのは、かなり筆の速いほうだ。でも、他人の家に滞在《たいざい》する期間と考えたらかなりの日数になる。

そして、通常の速さで一月ということは、それ以上はかかるということだ。原稿が書き上がるのが早いか、手首が治るのが早いか。先のことを考えると気が遠くなってしまう。

「先生はプロットを書いたりはしないんですか？」

「それはもうできている。ここの中にな」

先生はそう云って、自分の頭を左手の指でとんとんと叩《たた》いてみせた。

「一章終わるごとに赤を入れるから、お前はそれをデータ上で直していってくれ。手が追いつかない場合は、一声かけてくれればペースを合わせる」

「わかりました」

「句読点はてきとうに打ってくれ。あとで直す。漢字の変換《へんかん》のくせは俺の本を読んでもらえばわかると思うが——お前、俺の本は読んだことがあるか？」

「それは——」

もちろん！　と勢い込んで答えようとして思い止《とど》まる。ここに来る前、編集部で荻野さんに釘《くぎ》を刺《さ》されたことを思い出したのだ。

僕と先生はあくまで担当編集者と作家という立場だ。仕事にファンであることは関係のないことだが、もしも僕が『久慈嘉彦』のファンだと知れたらミーハーな気分で来たのではないかと思われかねない。

雑誌に掲載《けいさい》されて単行本に収録されていないような短編まで全部読んでいて、著書には全てカバーをかけて本棚《ほんだな》の一番いいところに並べてあるけれど、それは黙《だま》っておいたほうがいい気がする。

正直に告げたら、勢いあまって熱い想《おも》いを口にしてしまいそうだ。僕は悩《なや》んだ末、てきとうな答えで誤魔化《ごまか》すことにした。

「……何冊かは」

「まあ、時間もなかったしな。さすがに全部読めとは云わない。で、どれを読んだんだ？」

先生は、僕が出逢《であ》ったあの日から今日までの間に、義務で読んできたのだと思ったらしい。

「ええと……」

「何だ、タイトルも覚えてないのか」

「はぁ…すみません……」

それも嘘《うそ》だ。久慈作品で覚えていないものなど一つもない。だが、てきとうに答えようにもどれを挙げるか迷ってしまい、結局覚えていないと答える他《ほか》なかった。

荻野さんだったら、こういう状況《じょうきょう》でもそつなく答えているだろうなと思うと、自分の未熟さが情けなくなる。

「タイトルがわからなくても、話の内容くらいは覚えてるだろう」

「それは……」

それはもちろん、どの作品も素晴《すば》らしいと思う。身を焦《こ》がし、恋《こい》に一生を捧《ささ》げる主人公たちは、ともすれば身勝手な人間だと思われるかもしれない。けれど、そんな狂《くる》おしいまでの想いを抱《かか》え、不器用に生きていく姿は直向《ひたむ》きで美しくも儚《はかな》い。

そんな直向きさに惹《ひ》かれ、憧れ、そして、読み進めるうちに気がつけば涙《なみだ》が溢《あふ》れているのだ。

――だけど、そんなことを話したら、僕が『久慈嘉彦』のファンだとバレてしまう。何と返すべきかと口籠《くちご》もっていると、先生は低く笑いながら訊《き》いてきた。

「云えないってことは、オカズにでもしたんじゃないのか？」

「なっ……！」

低俗《ていぞく》な質問に、ムッとする。

確かに落ち着かない気分になったりはするけれど、そういう目的で久慈作品を読んでいるわけじゃない。まるで、宝物を蔑《さげす》まれたようで腹立たしい気分になった。

「あなたの作品を読んで、そんな気になったことはありません」

扇情的《せんじょう》なシーンにドキドキしたことはあるけれど、即物的《そくぶつ》な欲求に繋《つな》がったことは一度もない。きっぱりと否定すると、先生はさらに僕をからかってきた。

「そういや、女にはモテる質《たち》なんだったか」

「誰《だれ》がそんなことを――」

云《い》いかけて、はっとする。

先生に余計なことを吹き込めるのは、間に入っていた荻野さんだけだ。きっと、あることないこと面白《おもしろ》おかしく話したに違いない。

「現実で足りてるって？」

「そうですよ」

僕は自棄《やけ》になって、そう云い放った。

しょっちゅう振《ふ》られてはいるけれど、幸いこの顔のお陰《かげ》で恋愛《れんあい》が足りなかったことがないのは確かだ。

「申し訳ありませんが、現実で手一杯《ていっぱい》で、小説世界で妄想《もうそう》するまでに至りません」

「へえ…」

「………」

静かに相づちを打たれ、少しの間が訪《おとず》れる。すぐに皮肉で返されると思っていた僕は、意外な先生の反応に正直動揺《どうよう》していた。

――やばい。ついカッとして云い返してしまったけれど、これじゃあ久慈嘉彦の作品を全否定しているようなものなんじゃ…。

あなたの作品では夢を見ることもできません、って云ったのも同じ…とか……？

本当は好きな作家だって云うのに、売り言葉に買い言葉とはいえ、僕は何てことを云ってしまったんだろう。次第《しだい》に体から血の気が引いていくのを感じる。

「だったら、俺の話なんて読んでも面白くも何ともないよな」

すると、しばらくして先生は口元に皮肉的な笑《え》みを浮《う》かべた。

「そういうわけじゃ――」

「俺としては抜《ぬ》ける話を書いてるつもりなんだが、残念だ」

「…………」

作品にそんなふうな思い入れがあるとは知らなかった。からかわれたと思ったけれど、先生にとっては真面目《まじめ》な問いかけだったのかもしれない。

やっぱり、僕の答え方が悪かったんだ……。

「……あの、ただ、僕は先生の作品をそういったつもりで読んだことがないだけで…」

「…………」

「だから、その……」

僕はしどろもどろになりながら、言葉を続けようとした。だけど、どんなフォローも言い訳にしか聞こえない。

どうしよう…どうしたらいいんだろう……。

すると突然《とつぜん》、先生が口を開いた。

「——賭《か》けをしないか？」

先生は足を組み直し、ソファーの背に体を預けて、僕に思わせぶりな視線を送ってくる。

「賭け……？」

予想もしなかった先生からの提案に、僕は呆然《ぼうぜん》とその単語を繰《く》り返した。

「ああ。お前は、俺の作品をそういう目で見たことがなかっただけなんだろう？」

「……はい……」

「だったら、これから原稿《げんこう》をお前に打ち込んでもらっている最中、もしも少しでもそういう気分になったらお前の負け。お前が最後まで何も感じずにいられたら俺の負けだ」

その表情からは、何を考えてそんなことを云い出したのかは、さっぱり読み取ることができない。

どんな意図があるのかわからないまま、僕は恐《おそ》る恐るその賭けとやらの内容を訊《たず》ねた。

「……それで、何を賭けるんですか？」

「お前が勝ったら、俺が来年のスケジュールの打診《だしん》を全《すべ》て受ける。お前んとこを最優先で調整してやるよ」

「えっ!?　スケジュール全部!?」

ここに荻野さんがいたら涎《よだれ》を垂らさんばかりに喜び、俺に発破をかけたことだろう。勝たないと殺すとまで云われそうだ。

いまは何の予定も入っていない久慈嘉彦の来年のスケジュールを全て押さえられるとしたら、編集者としても一ファンとしても、こんなに魅力《みりょく》的な提案はない。

「ただし、俺が勝ったらお前が小説の資料になるってのはどうだ？」

「資料……ですか……」

そんな条件を出されるとは思ってもおらず、僕は面食《めんく》らった。

小説の資料って……いったい何をさせられるのだろうか。

先生の作品はどれも恋愛ものだ。しかも、そのどれもが色っぽい濡《ぬ》れ場を含《ふく》んでいる。資料集めというのならわかるのだが、資料になれというのはどういう意味なのかわからない。

「あの……資料っていうのは、具体的には何をするんですか…？」

「色々だよ。ただ俺は他人の感情に興味があるだけだ。——勝つ自信がないのなら、蹴《け》ってもいいんだぞ？」

「そんなこと…っ」

先生は質問の答えをはぐらかし、尚《なお》かつ挑発《ちょうはつ》するような言葉を投げかけてくる。

つい、反論に声を荒《あら》らげてしまい頭の隅《すみ》で後悔《こうかい》したけれど、先生は僕の反応にニヤリと笑みを浮かべた。

「じゃあ、この勝負受けるか？」

「ええ。受けて立ちますよ」

挑発に乗ってしまった部分もあったけれど、実は僕にはそれなりの打算もあった。先生は僕が著書を数冊しか読んだことがないと思っているからこそ、こんな賭けを持ちかけたのだろう。だが、実際は世に出ている先生の文章は一つ残らず目を通しているから、それなりの免疫《めんえき》はできているはずだ。

文章を読むこととそれを打ち込むこと。行為《こうい》には違《ちが》いがあるけれど、受け取る僕が抱《いだ》く感情に変化はないだろう。

いままでに久慈作品を読んで性的な興奮を覚えたことは一度もないのだから、きっと今回だって大丈夫《だいじょうぶ》だ。

僕はそう自分に云い聞かせ、膝《ひざ》の上に乗せた拳《こぶし》をぎゅっと握《にぎ》りしめた。

「『——出逢《であ》ったのは、ある晴れた夏の日だった。太陽が雲に隠《かく》れたほんのひととき、視線が交錯《こうさく》した。雲から顔を出した日差しの眩《まぶ》しさに目を瞑《つぶ》り、再び開いたときにはもう誰もいなくなっていた。残されたのは真《ま》っ直《す》ぐな眼差《まなざ》しの強さだけ。向日葵《ひまわり》の向こうに見えた人影《ひとかげ》は、まるで陽炎《かげろう》のように——』」

仮眠《かみん》用のソファーに横たわる先生の口から、ゆっくりと物語が紡《つむ》ぎ出される。時折黙《だま》り込むのは、文章を考えているためだろうか？

僕はスーツのジャケットのボタンを外しネクタイを緩《ゆる》めた格好でパソコンに向かい、無心にキーボードを打つ。

語られ始めたそれは望まぬ結婚《けっこん》を強《し》いられた花嫁《はなよめ》の悲恋《ひれん》の物語――将来を約束し合い、婚約まで交《か》わした恋人《こいびと》たちが引き裂《さ》かれる場面から始まっていた。

主人公、静華《しずか》の父親の経営する会社が資金難に陥《おちい》り、融資《ゆうし》をしてくれるという人物が現れたが、その条件に娘《むすめ》を自分のもとへ嫁《とつ》がせろと云ってくる。娘の幸せを考えて躊躇《ためら》う父に、静華は自ら嫁ぐことを決意し、幼馴染《おさななじ》みであり婚約者でもある征志郎《せいしろう》への想いを封《ふう》じてしまう。

筋だけ聞けば、凡庸《ぼんよう》な物語に思える。けれど、先生の小説の秀逸《しゅういつ》なところは登場人物の感情描写《びょうしゃ》だ。切ない恋心を隠し、愛《いと》しい恋人へ冷たく当たる際の揺《ゆ》れる心情は、聞いているこちらまで胸が痛くなるほどだった。

「『男は皮肉めいた笑みを口の端《はし》に乗せた。その唇《くちびる》から紡がれる言葉はどれも――』……おい。追いついてるか？」

「あ、はい。大丈夫です」

先生の文章のくせは熟知しているため、漢字の変換《へんかん》も問題ないし、句読点の位置も何となくわかる。文章が長くなったら、てきとうな場所の目処《めど》をつけて改行をして、先生が黙り込む隙《すき》にこまめに保存をかけていく。

最初は緊張《きんちょう》に指先が震《ふる》えていたけれど、やがて物語にのめり込むようになり、一心にキーボードを叩《たた》き続けていたら、原稿はけっこうな量になっていた。

「どれ、ちょっと見せてみろ」

すぐ近くで声がしたかと思うと、パソコンのモニターを覗《のぞ》き込むために僕の真横で先生が体を屈《かが》めていた。

ふいに目に飛び込んできた端整《たんせい》な横顔にドキリとする。マウスを操《あやつ》る動作でさえ様になっている。

「……驚《おどろ》いたな」

「ええっ？　何かまずいところでもありましたか!?」

「その逆だ。ほぼ完璧《かんぺき》だよ。もっと面倒《めんどう》な作業になるかと思ってたが、そうでもないな。これなら、普段《ふだん》の赤入れ程度ですみそうだ」

「そうですか」

先生の言葉にほっと胸を撫《な》で下ろす。手伝いに来ておいて逆に足手纏《あしでまと》いになるようだったらどうしようと、秘《ひそ》かに心配していたのだ。

「お前、本当に俺の本を読んでないのか？　きっと、荻野さんにやらせたって、ここまで俺の思ったようにはならないぞ」

「えっ？　あ、その、先生の一番最近のご本を何度も読んできたんで…そのお陰《かげ》、かも……」

そつのない原稿整理が逆に不審《ふしん》を抱かせてしまったようで、僕は慌《あわ》てて誤魔化《ごまか》した。ファンだとバレるのを避《さ》けて隠した事実がこんなところで露見《ろけん》しかけるとは。

「へえ…なら、お前はよほど勘《かん》がいいか、俺の文章のセンスと似てるんだな」

「そ、そうでしょうか……」

「あとで赤は入れるが、とりあえず区切りのいいところまでやるぞ」

「はい」

背後でどさりという音がし、先生がソファーに戻《もど》ったことがわかる。僕は椅子《いす》に座り直して姿勢を正し、パソコンのモニターに向き合った。

「で、どこまで行った？」

「主人公が嫁ぐ相手の男に初めて会うシーンで、文章は『男は皮肉めいた笑みを口の端に乗せた。その唇から紡がれる言葉はどれも』で切れてます」

「そうだったな。えー…『その唇から紡がれる言葉はどれも冷たく、静華の胸を切り刻んだ。青ざめた白い頬《ほお》は微《かす》かに残る幼さを消し、少女に奇妙《きみよう》な艶《つや》を纏わせた』」

まだ少女と云ってもいい年頃《としごろ》の主人公静華は、悲愴《ひそう》な覚悟《かくご》で自分を娶《めと》ろうとする岩城《いわき》に対峙《たいじ》する。岩城は思っていたよりも若く、精悍《せいかん》な顔つきをしており、金の力がなくても女には困らないのではないかと思えるようなタイプであった。

しかし、静華に執着《しゆうちやく》する岩城は彼女にその身を買われたことを自覚するよう云い含めてくる。

そして、幼馴染みで元許嫁《いいなずけ》である征志郎には二度と会わないようにと命じてきた。その言葉に動揺《どうよう》を見せる静華が癇《かん》に障《さわ》った岩城は――――。

「『岩城は未《いま》だ少女のままの静華の華奢《きゃしゃ》な軀《からだ》を組み敷《し》いた。静華は必死に逃《のが》れようと手足を動かすけれど、淡《あわ》い水色のワンピースは乱れるばかりで、少女は簡単に小さな男の下に戻される。

「ここには覚悟を決めて来たんだろう?」乱れた裾《すそ》から手を差し込まれ、素足《すあし》を撫でられる感《かん》触《しょく》に息を呑《の》んだ』」

……覚悟していた濡れ場のシーンが始まってしまった。淡々《たんたん》と語られるその内容は生々しく、文章を目で追っているときよりも情景が目に浮《う》かぶようだった。

「『露《あら》わになった白い腿《もも》を撫で回されると恐怖《きょうふ》が迫《せ》り上がってくる。怖《こわ》い。そう思うのに、口を動かしても助けを呼ぶ声すら出ず、ただ細い軀を震わせることしかできなかった』」

低く掠《かす》れた声で紡がれる文章を、幾分緊張《いくぶんきんちょう》した面持《おもも》ちで打ち込んでいく。賭《か》けのことを意識しているせいか、先ほどよりも神経が過敏《かびん》になっているような気がする。

先生は、濡《ぬ》れ場を口にしているというにも拘《かかわ》らず、淡々と喋《しゃべ》り続けた。

「『そうして、岩城はこれまで誰《だれ》にも許したことのない静華の秘所に指先を忍《しの》ばせる。「俺がお前に男を教えてやる」初めて触《ふ》れる他人の指の感触に、視界が真っ赤に染まった。静華は激しい羞恥《しゅうち》に――――』」

ヘンだ……さっきから首の辺りがちりちりする。

これってもしかして、先生の視線…？

それに何だろうこれ……どうも、ヘンな感じになるっていうか……。

低く掠れた声で卑猥《ひわい》な言葉を云われると、妙《みょう》な気分になってくる。

「『震える声で許しを乞《こ》う少女の軀を強引《ごういん》に開き、性急にその純潔を奪《うば》おうとする。拒絶《きょぜつ》の言葉を繰《く》り返す唇は、男のそれによって塞《ふさ》がれた』」

手は休みなく動かしてはいるが、僕の意識は背後のことばかりを気にしていた。纏わりつくようなねっとりとした視線に、落ち着かない気分にさせられる。

先生はいったい何を考えてるんだろう？

そのときふと、編集部で荻野さんが云っていたことを思い出した。

――久慈先生はゲイらしいって。

いや、でもたとえそれが事実だとしても、僕が危機感を抱くなんておこがましいにもほどがある。先生が僕にそんな気持ちを抱いているはずが……。

しかし、まずいと思ったときには体が熱くなり始めていた。

明確な反応こそ示していなかったものの、行為《こうい》のあれこれがまるで自分に施《ほどこ》されているかのような想像までが頭に浮かんでくる。

摑《つか》まれた腕《うで》の感触、捩《ね》じ込まれた舌の熱さ……そんなものがまざまざと思い出されていく。

何を考えてるんだ、僕は…っ！

何度目かの沈黙《ちんもく》が訪《おとず》れ、その隙に興奮しかけた体を落ち着けようとこっそりと深呼吸をした瞬間《しゅんかん》――。

「馨？」

「……ッ!!」

ふいに耳元で甘く囁《ささや》くような声で名前を呼ばれ、びくんっと反応してしまった。

何で、僕の名前なんか……。

響《ひび》きのいい低音は鼓膜《こまく》を通じ、背筋を震わせ腰《こし》の辺りにまで落ちてくる。

全身が痺《しび》れたような感覚を耐《た》えようと両足を強張《こわば》らせたけれど、下腹部の奥に生まれた熱を誤魔化すことはできなかった。

絶対に大丈夫《だいじょうぶ》だと思ってたのに、何で……。

「いま、感じただろう？」

笑いを含《ふく》ませた声で問いかけられ、カッと顔が熱くなる。

「ちょっと驚いただけですっ！　何して……あッ!?」

すかさず云い訳したけれど、近寄ってきた先生の手が股間《こかん》に伸《の》び、直接触《さわ》って確かめられてしまった。硬《かた》くなりかけたそこを握《にぎ》り込まれ、ぐうの音も出ない。

「これでちょっと驚いただけか」

「んっ……！」

耳元に囁きかけられながら、指先でその形を確かめるように撫でられ、思わず息を呑む。ぞわぞわと肌《はだ》を這《は》い上がる感覚に戸惑《とまど》いながら、僕は悔《くや》しさに奥歯を嚙《か》みしめた。

こんなはずじゃなかったのに――。

「賭けは俺の勝ちだ。男に二言はないよな？」

挑発《ちょうはつ》するような言葉に反論できない。事実、こうして反応してしまったのだから、負けは負けだ。

僕が負けたら、小説の資料になる。そのくらい、大したことないじゃないか。僕は何を逃《に》げ腰になってるんだ。

僕は唾《つば》を呑み込んで、渇《かわ》いた喉《のど》を潤《うるお》してから口を開いた。

「わかってます。小説の資料になればいいんでしょう？」

ともすれば怯《ひる》んでしまいそうになる気持ちを奮い立たせ、先生の手を振《ふ》り払《はら》う。すると、先生は意外にもあっさりと体を退《ひ》いた。

顔を見ないままこんな話はできないと、くるりと椅子を回して先生と対峙する。僕は生理的現象を必死に堪《こら》えながら、真顔で見下ろしてくる男の顔を睨《にら》み返した。

相手は大事な作家で、憧《あこが》れの存在であるけれども、弱気に出て舐《な》められるのも性《しょう》に合わないと思ったから。

「僕はいったい何をすればいいんですか？」

「そうだな……とりあえず、望まぬ相手に初めて抱《だ》かれるときの気持ちを教えてもらおうか」

「――は？　冗談《じょうだん》でしょう？」

それも、笑えない類《たぐい》の。先生はきっと、新人の編集者をからかって楽しみたいに違《ちが》いない。

だから、こんなふざけた賭けを持ち出してきたのだ。

趣味《しゅみ》の悪いブラックジョークに眉間《みけん》に皺《しわ》を寄せていると、先生はどこまでも真面目《まじめ》に返してきた。

「俺は冗談は云《い》わない主義だ」

「うわっ」

手首を摑まれたかと思うと、物凄《ものすご》い力で引っ張られソファーに放《ほう》られた。どさりと投げ出された体を起こそうとした途端《とたん》、腰を跨《また》ぐようにしてのしかかられる。

「ちょっ、何するんですか!?」

「こうするんだよ」

「なっ……」

何が起こったのかわからないほどの手際《てぎわ》のよさで、僕は簡単にソファーに組み敷かれていた。まさか本当に押し倒《たお》されるとは思わず、何度も目を瞬《しばたた》かせてしまう。

「スーツを脱《ぬ》がせるのは初めてだな」

そう云って、しゅるりとネクタイを解きワイシャツのボタンを外していく。あまりのことに、先生の手際のいい指を呆然《ぼうぜん》と見つめてしまった。

「ほ…本気なんですか…？」

もしかしたら、狼狽《うろた》える僕を見るための嫌《いや》がらせかもしれない――そんなふうに往生際悪く心のどこかで期待をしていたけれど、僕にのしかかる体の重みはいつになってもどかされることはなかった。

「確かめてみるか？」

「あ…っ」

あっという間にはだけられたシャツの隙間《すきま》から手を差し込まれ、胸の尖《とが》りを摘《つま》まれる。そこを押し潰《つぶ》すようにして捏《こ》ねられ、現実感が一気に押し寄せてきた。それと同時に頭から血の気が引いていく。

「やっ、やめて下さい…っ」

「賭けに負けたのはお前だろうが」

「でもっ、こんなのフェアじゃ――っあ！」

こんなことをするなんて聞いていない。何をするのかと訊《たず》ねたら、色々だと誤魔化《ごまか》したじゃないか！

そう云おうと思ったけれど、すぐに張り詰《つ》めた前を握り込まれ、反論を封《ふう》じられる。やわやわとそこを揉《も》まれると、否応《いやおう》なしに体から力が抜《ぬ》けていった。

「待っ…、やめ…っ、や、先生、いけません…っ」

「先生いけません、か。なかなかそそられる言葉だな」

制止の言葉にさえ、先生はニヤリと笑う。

「やめて下さい…！　僕、男はダメなんです、吐《は》きそうに…!!」

思わずそう口にする。もしかしたら、思い止《とど》まってくれるかと思ったのだ。

だけど、先生は少しも意に介《かい》さず、僕の体をまさぐってくる。

「ダメかそうじゃないか、試《ため》してみないとわからんだろう」

「そうじゃなくて、元々男の人が苦手で満員電車も乗れないくらい――ぅん…っ」

「嘘《うそ》をつくな。こんなに反応しておいて、何云ってる」

「でも、いつもは……っ、んっ、あ、やめ……っ」

普段《ふだん》はほんの少し触れるだけでも鳥肌《とりはだ》が立ち、うっかり混んでいる電車に乗ってしまったときなど、降車駅に着くまでは吐き気との戦いだ。

なのに、いまは少しもそんな嫌悪《けんお》を感じない。先生に触《ふ》れるとぞくぞくするけれど、不快な感じは全然ないどころか、むしろその真逆の感覚がする。

このまま僕はどうなってしまうのだろう？　そんな不安に渾身《こんしん》の力で拳《こぶし》を振り上げたけれど、目標に届く前に手首を摑まれてしまった。

「お前を庇《かば》って俺が怪我《けが》することになったのをもう忘れたか？」

「それは――」

包帯を巻いた手をひらひらと見せつけられ、言葉に詰まる。ここへ来た大元の理由を盾《たて》に取られれば、僕は黙《だま》るしかない。僕は振り上げた拳を下ろし、やむなく体から力を抜いた。

「男なら、一度した約束は全《まっと》うしてもらおう」

「でも、いくらなんでもこんなのって……」

「できないって？」

挑発的な眼差《まなざ》しで問いかけてくる。

――卑怯《ひきょう》だ。

そうは思っても、こちらに分が悪いことは重々承知しているため、何も云えなかった。怪我をさせてしまったのも僕だし、ここに来ることを決めたのもこの僕なのだから。

「『ここには覚悟《かくご》を決めて来たんだろう？』」

「!!」

小説とダブらせた言葉を囁《ささや》かれ、僕はさっき自分で打ち込んだ内容を思い出す。どんな評判の男か知っていて、単身で訪れたあの主人公も僕も同じようなものだ。

悔しさに唇《くちびる》を嚙みしめて視線を逸《そ》らすと、指先一つで顎《あご》を持ち上げられる。

「そうだ、いい子だ。いままでに男に抱かれたことは――ないみたいだな、その顔を見ると」

くっと笑う意地の悪い表情にさえ目を奪《うば》われる。

こんなに意地が悪いのに、腹立たしいほどにカッコいい。あんなに切ない話を書く人なのに、どうしてこんなろくでもない性格なんだろう。

ただ黙って好きなようにされるのも癪《しゃく》だと思い、予《かね》てからの疑問を口にする。

「……先生は……ゲイ、なんですか？」

「ん？」

「女性と婚約《こんやく》までされたのに、どうして僕なんかを……」

「それはお前には関係ない。それにここには俺たちしかいないんだから、ゲイだろうがバイだろうがどうでもいいことだろう」

「それは、そうかもしれませんけど……」

でも、それじゃ相手は誰《だれ》でもいいってことじゃないか。

手近にいたのが僕だったからだなんて、そんな理由で男に抱かれることになるなんて。

「それに、原稿《げんこう》だって体験したことのほうが臨場感が増すと思わないか？」

「だからってこんな……っあ!?」

胸への刺激《しげき》を再開され、ぞくんと痺《しび》れに似た何かが走り抜ける。こんなことまでされているのに、嫌悪感を抱《いだ》かないなんてどうしちゃったんだ？

昼間は北沢さんに肩《かた》を触《さわ》られただけで総毛立ったと云うのに。あの夜のキスだってそうだ。

気持ち悪いどころか、気持ちいいとさえ思ってしまった。

「…っん、く……」

脇腹《わきばら》や胸を撫《な》で回す手からは、甘いざわめきばかりが生まれる。僕は自分を抱こうとしている相手よりも、未知の感覚ばかり生じさせる自らの体のほうが怖《こわ》くなった。

このまま僕は、本当に抱かれてしまうのだろうか…？

「ちゃんと目を開けて自分がされていることを見てるんだ。あとで資料になってもらうんだからな。ついでに、俺の右手は役に立たないからな。ちゃんと協力しろよ」

「……わかって、ます……」

「『俺がお前に男を教えてやる』」

「……っ」

先生は、作中の男の台詞《せりふ》をわざとらしく口にする。

もう、覚悟を決めなければ——そう自分に云い聞かせて、僕は一つ深呼吸をした。

これは仕事だ。自分の失態の尻拭《しりぬぐ》いは自分でしなくちゃならない。

いっそ、一夜の夢だと思うべきだろうか。それがたとえ悪夢だとしても、目が覚めたら水泡《すいほう》に帰してくれたほうが気が楽だ。

こんなセクハラそのものの要求を嫌だと云《い》えない事態を招いた自分を恨《うら》みながら、そろそろと目を開けると、ちょうど先生の頭が視界いっぱいに広がった。

何をするのだろうかと思ったその瞬間《しゅんかん》、胸の先に生温かい濡《ぬ》れた感触《かんしょく》が触れた。

「あ…っ!?」

ぬるぬるとしたものが尖ったそこを撫で回す。ちらちらと覗《のぞ》く赤い色に、それが先生の舌だということがわかってしまった。

きゅっと吸い上げられたかと思うと、丸く舐《な》められ硬《かた》く凝《こご》る。その小さな粒《つぶ》は、施《ほどこ》される愛撫《あいぶ》に赤く色づいていった。

男なのに乳首を吸われてこんなに感じてしまうなんて、おかしいんじゃないだろうか?

「あっ…んん、や…なんで…そこ、ばっか……っ」

甘怠《あまだる》くなっていく体に怯《おび》え、そう告げると先生は顔を上げて反対に問いかけてきた。

「なら、どこを触って欲しい？　俺が責任を持って気持ちよくしてやるよ」

「……っ」

云われた瞬間、体の中心がずくりと疼《うず》く。

さっき、少しだけ触られたあの場所が、張り詰めたまま熱を解放できるそのときを待ちわびているのだ。だけど、そんなことを口になどできない。

「自分じゃ云えないって?」

「…っあ!」

「ここをどうにかして欲しいんだろう?」

「んっ、あ……ぁあ、あ……っ」

布地の上からぐいぐいと押され、上擦《うわず》った声が上がる。やがて、じわりと先端《せんたん》が滲《にじ》み下着が濡れるのを感じた。

「自分でベルトを外すんだ」

「…………」

催眠術《さいみん》にでもかかったかのように、云われた言葉に素直《すなお》に従う。

震《ふる》える指でベルトのバックルを外すと、フロントの留め具をピンと弾《はじ》かれた。じりじりとファスナーが下げられるのを、つい息を呑《の》んで見守ってしまう。

「もう濡らしてるのか」

「！」

勃《た》ち上がったそれを下着越《ご》しに指でなぞり上げられ、体液に潤《うる》んだ先端を丸く撫でられる。鋭敏《えいびん》なそこは些細《ささい》な刺激にも感じてしまい、軽く引っ掻《か》かれただけで腰《こし》がびくんっと跳《は》ねた。

「嫌《いや》だと云いながらこれか。口よりも体のほうが素直だということだな」

「あ…っ、やっ、待っ……――」

苦しいほどに張り詰《つ》めていたものを下着の中から引き出され、羞恥《しゅうち》にこめかみが焼かれたみたいに熱くなった。

「本当に男が苦手なのか？　ずいぶんと適性があるようだが」

「そ…んな…、僕は…っんん！」

――本当に、ダメなはずなのに!!

直《じか》に触られる感触だけでどうかなってしまいそうなのに、先生は巧《たく》みな指遣《ゆびづか》いで僕を追い詰めてくる。

反り返った自身の裏側や括《くび》れた部分を擦《こす》られるたびに、ひくひくと足のつけ根が震える。根本の膨《ふく》らみも揉《も》みしだかれ、腰が甘怠く痺れてきた。

「やめ、や…っ、ぁあっ、あ、あ…っ」

全身に渦巻《うずま》く羞恥に、いますぐ逃《に》げ出したい気持ちでいっぱいだったけれど、先生はそんな僕にはおかまいなしに手の平で包んだ昂《たか》ぶりを擦ってくる。

零《こぼ》れた体液に濡れた指で上下に大きく擦られると、体の中の熱が出口を探して暴れ回った。

「…っあ、も、やめ…放し……っ」

切羽《せっぱ》詰《つ》まった僕は、手を離《はな》してくれるよう懇願《こんがん》した。

このままじゃ、先生の手の中でイッてしまう。それだけはどうしても嫌だ。

「イキたいんだろう？」

「でも…っ、や、ダメ……っ」

「強情《ごうじょう》だな。だが、それがいつまで続くだろうな」

低い笑い声と共に、先生は行為《こうい》をやめるどころか絶頂を唆《そそのか》してくる。

僕は必死に下腹部に力を込《こ》め、一方的に与《あた》えられる快楽に流されないよう耐《た》えていたけれど、それももう限界だった。

「く…ぁあ…っ、んー…っ！」

結局僕は、びくびくと腰を震わせ、溜《た》まっていた熱を先生の手の平に吐《は》き出してしまい、先生はそれを涼《すず》しい顔で受け止めた。

初めて同性の手でイカされた僕の頭の中は沸点《ふってん》を越《こ》え、思考回路が上手《うま》く働かなくなってしまい、ぼーっとしたまま気怠《けだる》い体をソファーに投げ出した。

――イカされてしまった……。

恥《は》ずかしいやら悔《くや》しいやらで、じわりと涙《なみだ》が浮《う》かんでくる。そんな顔を見られたくなくて、僕は両腕《うで》で顔を覆《おお》った。

生まれてこの方、女の子としたことはそれなりにあるけれど、男に……しかも憧《あこが》れの作家にイカされる日が来るなんて夢にも思わなかった。

どんなに憧れてたって、相手は男だぞ!?

何で気持ち悪いとか思わないんだ、僕は…!!

先生も先生だ。こんな新人編集をいじめなくてもいいじゃないか！

そうやって一人葛藤《かっとう》していると、足の間にぬるりとしたものを塗《ぬ》りつけられた。

「……っ!?」

「冷たかったか？　じきに体温に馴染《なじ》む」

ひやりとした温度と感触に飛び起きかけたけれど、先生は涼しい顔で奥まった場所を弄《いじ》り続ける。羞恥と混乱に気を取られているうちに、下肢《かし》を覆うものがすっかり取り去られていたことにも驚《おどろ》いた。

頭がついていかない僕を尻目《しりめ》に、先生はプラスチックの容器に入った液体を手に取り、さらに塗り足していく。

「ちょっ…待って下さ……んんっ」

知識としてそこを使うことは知っているけれど、正直信じられない。あんなものがこんなところに本当に入るものなんだろうか？

「待ってどうなる？　どうせ、決心が鈍《にぶ》るだけだ」

「でも、あっ、そ…なとこ……んぅっ、は、あ……っ」

「慣らさないと入らないだろう？」

ぬるぬると擦りつけられる指の動きに、徐々《じょじょ》に呼吸が上がっていってしまう。

窄《つぼ》まりを揉むように圧力をかけてきていた指が、ほんの少し力を抜《ぬ》いた瞬間、体内にぬるりと入り込んできた。

「んっ」

僕の中に、先生の指が——。

粘膜《ねんまく》を掻き回すように指を動かされると、ぞわぞわとしたものが這《は》い上がってくる。未知の感覚に思わず足を閉じると、低い声で命じられた。

「もっと足を広げるんだ」

「なっ…!? そんなことできません…っ」

「するんだ。足を開いて、膝《ひざ》の裏を持って——できるだろう?」

「……っ」

拒絶《きょぜつ》を許さない命じる言葉に、僕は唇《くちびる》を嚙《か》みしめる。おずおずと足を開き、云われた通り膝の裏を自分で持ち、屈辱《くつじょく》的なポーズを取った。

「いい子だな」

「…っく、う…ん、んん……っ」

とろりとした液体を足され、体の中を掻き回す指が増やされる。繰《く》り返される抜き差しに、初めは強張《こわば》っていたそこが少しずつ和《やわ》らいできた気がする。

円を描《えが》くようにぐるりと指を動かされると、ぐちゅりと中で音が立つ。その卑猥《ひわい》さに羞恥がさらに煽《あお》られた。

「んっ……う……」

「唇を嚙むな。声が聞こえないと、どこがいいかわからないだろう?」

先生はそう云《い》って、僕の唇を啄《ついば》むようなキスをする。何度もそうされているうちに吐息《といき》が零れ、甘ったるい声が聞こえてきた。

「はぁ…っ、あ、あ…っ」

「わかるか？　ここが柔《やわ》らかくなってきているのが」

「んっ！……云わな……で……下さ……っ」

先生の云うように指を含《ふく》むだけで精一杯《せいいっぱい》だった狭《せま》い器官は、執拗《しつよう》な愛撫《あいぶ》に蕩《とろ》け、ひくひくと粘膜を震わせるようにまでなっていた。

自らの取る格好からも、自分を苛《さいな》む男からも目を背《そむ》けたくて顔を横に向け、目を瞑《つぶ》る。

だけどそれは、体内で蠢《うごめ》く指の動きに神経を集中させることになった。

「んぁ…あ、あ……っ、あぁ…っ⁉」

体の中を擦られることに慣れかけてきたそのとき、くっと指が折り曲げられ、内壁《ないへき》の一部を押し込んできた。

ぞくぞくっと電流のようなものがそこで生まれ、腰を通じて頭の天辺《てっぺん》まで駆《か》け抜けていく。

「いまの、何…？」

「ここがお前のいいところか」

「え？　え？　なに……あっ！　あっあっ、あ…っ」

先生は何かこりこりとしたものを指先で弄っている。そこを弄られるだけで目の前がチカチカとハレーションを起こす。

さっきあんなに出したのに、また下腹部が熱くなってきた。

腰《こし》の奥にある疼《うず》きはジンジンと激しさを増し、痛いほどに張り詰めた欲望の先からはとろとろと体液が零れてきている。

「あっ、うそ…っ!? 待…っ、ああ、あっ」

鋭敏《えいびん》なその場所ばかりを撫《な》でられ、甘ったるい声が抑《おさ》えきれない。聞いたこともないような鼻にかかった声が、僕の喉《のど》からひっきりなしに上がる。

初めて知る云いようもない快感に、抱《かか》えた足の先が攣《つ》りそうなくらい突《つ》っ張った。高められた熱は、また出口を求めて暴れ出す。

「あっ…!?」

だけど、もう少しというところで、指を引き抜かれ瞠目《どうもく》した。こんな状態で放《ほう》っておかれるのかと愕然《がくぜん》とした僕の足を片方、先生は自分の肩《かた》に載《の》せた。

「なに…? あっ……あ…ぁあ……っ」

ひたりと熱いものが押し当てられた直後、指とは比べものにならない存在感が僕の中に押し入ってきた。その熱さと体積に圧倒《あっとう》され、呼吸が止まる。

先生はゆっくりと、だけど躊躇《ためら》うことなく腰を進めてくる。内臓が押し上げられる感覚と共に迫《せ》り上がってくるのは不安と快感。

この体は本当に僕のものなんだろうか？

こんなふうに感じて、震《ふる》えて——まるで、細胞《さいぼう》の一つ一つを作り替《か》えられてしまったみたいだ。

「息を詰《つ》めるな。力が入って辛《つら》いのはお前だ」

「で、も…っ」

「ゆっくり息を吐くんだ」

呼吸の仕方すら忘れてしまったみたいに上手くできない。やっとの思いで息を吐くと、僅《わず》かに体の強張りが緩《ゆる》まり、圧迫《あっぱく》感が少しだけ楽になった。

だけど、ほっとしたのも束《つか》の間、僕の足を抱え直した先生がさらに奥へと入り込んでくる。

「——っ!!」

思わぬ衝撃《しょうげき》に悲鳴すら上がらなかった。一息に奥まで突き入れられ、ずるりと擦《こす》られた内壁がゾクリとわななき、頭の中まで痺《しび》れさせる。

やがて痺れが退いていくに従って、自分の中に穿《うが》たれた欲望に意識が向いてしまう。ぴっちりと収まったそれは火傷《やけど》してしまいそうに熱く、ドクドクと自己主張していた。

「動くぞ」

「え？　っあ…ぁあ、あ…っ！」

ふいの宣言のあと、先生は繋《つな》がりをもっと深くするかのように腰を進めてくる。ぐっと押し上げられた瞬間《しゅんかん》、反射的に腰が浮《う》いた。

「んっ…く、あっ…」

柔らかな律動にさえ、四肢《しし》が甘く震え身悶《みもだ》える。だんだんと動きが大きくなればなるほど、快感は増していった。

女の子との経験は人並みにあると自負しているけれど、こんなふうに全身がぐだぐたになるような感覚は初めてだった。

尖《とが》りきった神経はいまにも焼き切れてしまいそうだ。

「んぁ…っ、ああ、あ…っ、そこ、や……っ」

「ここか?」

「ぅあ…っ、あっ、あ!」

先生は嫌《いや》だというと、そこばかりを責めてくる。突き上げのたびに繋がった場所からぐちゅぐちゅという水音が聞こえてきた。

内壁を抉《えぐ》るように腰を使われると、頭の中が真っ白になる。嫌だやめてと訴《うった》えても聞き入れてはもらえず、僕を追い詰める動きは激しくなった。

こんなの嘘《うそ》だ。

信じられない、いや、信じたくない。

男に抱《だ》かれて気持ちいいと思うなんて、どうかしてる。

強すぎる快感は手に負えず、熱に浮かされていた僕の頭から完全に理性が飛んだ。

「あ…っ、や、あぁ…っ、ん、く」

覆《おお》い被《かぶ》さるようにのしかかられ、体がますます密着する。左手で首の後ろを掬《すく》われ、嬌声《きょうせい》しか出てこなくなった唇を塞《ふさ》がれた。

舌をねぶられ、痛くなるほどに吸い上げられる。ジンと痺れる感覚が気持ちよくて、僕は自分から舌を差し出した。

「んぅ、んんん…っ、ぁん…」

濃厚《のうこう》な口づけの最中、ふと思った。

――やっぱり、違《ちが》う。

先生のキスには、他の誰《だれ》とするキスとも違う何かがある。それが何なのかは、僕にはわからないけれど。

「んぁ…っ、あぁあっ！」

意識が逸《そ》れて締《し》めつけが緩んだ粘膜を掻《か》き回すように繋がった腰を揺《ゆ》すられ、びくんっと背中が撓《しな》った。その弾《はず》みで唇《くちびる》が外れ、一際《ひときわ》甘い声が零《こぼ》れる。

「あ、ああっ、あ…あっ、もう……っ」

押し寄せる快楽の波は、僕の意識すら攫《さら》っていく。何もかも晒《さら》け出すかのように縋《すが》る何かを探して腕《うで》を伸《の》ばすと、キツく抱きしめられた。僕は、与《あた》えられる感覚にただ溺《おぼ》れてしまう。

「……馨」

霧散《むさん》しかけた意識の中、ほろ苦い声で名前を呼ばれたような気がした。

——死ぬかと思った……。

精も根も尽《つ》き果てたというのは、こういうことだろうか。

もう、当分は動きたくない。というより、もう帰りたい……。

僕は半ば意地で服を着直したあと、力尽《つ》きてソファーに倒《たお》れ込んだ。

どうして、こんなことになっちゃったんだろう……。

諸々《もろもろ》の事情で拒《こば》めなかったのは自分だけれど、先生だってあんなに無茶しなくてもいいと思う。

右手が使えないからって、あれこれと僕の口からは云えないような恥《は》ずかしいことを指示されて、初めは拒否《きょひ》するものの最終的には云《い》い包《くる》められて従わざるを得なくなり、いま思い出しても死にたくなるような恥ずかしいことをさせられた。

作家の性格と作品の質は必ずしも一致《いっち》しないとよく云うけど、久慈嘉彦がこんな人間だったなんて。

……だけど、どうして僕は先生にあんなことをされて平気だったんだろう？

正確に云えば、『平気だった』わけではないけれど、他の男の人に触《さわ》られたときみたいに鳥《とり》肌《はだ》とか蕁麻疹《じんましん》とかは出なかった。

満員電車では吐《は》き気を催《もよお》すほどなのに、先生に抱かれている間は不快感を一切《いっさい》感じなかった。

むしろ、気持ちよかった…というか……。女の子とするよりも何倍も負担は大きかったけれど、快感はそれ以上だった。

ここに来る前に北沢さんに触られたときは、鳥肌どころか蕁麻疹まで出たというのに。

もしかして、さっきのことが荒療治《あらりょうじ》になって男嫌《おとこぎら》いが治ったのか？

それとも、いままで鳥肌だと思っていたのは、ただ敏感《びんかん》なせいだったとか…？　いや、でもそんなことで吐き気や蕁麻疹が出るわけはないだろう。女の人に触ったり触られたりするのは、普通《ふつう》にできてたんだし、とくに他人より自分が敏感だとも思えない。

それとも、僕が嫌悪《けんお》を感じないくらい先生が上手《うま》かったってことだろうか？

遊んでいたぶん、経験豊富だという可能性はあるよな――……。

「？」

あれ？　何だろう、いま胸の辺りがざらってした気が……。

喉《のど》の奥に、嫌いなものを無理矢理《むりやり》呑《の》み込んだときみたいな不快感がある。

「わけわかんない……」

ぐったりと横になっていると、書斎《しょさい》のドアがカチリと開く音が聞こえ、僕は咄嗟《とっさ》に起き上がる。疲《つか》れきっているとは云え、みっともないところをこれ以上見せるわけにはいかない。僕にだって、男の意地というものがあるのだ。

「もう起きて大丈夫《だいじょうぶ》なのか？」

「ええ、何とか」

事務的にそう答える声も、すっかり嗄《か》れてしまっている。思い出したくもないが、どう考えても喘《あえ》ぎすぎたせいだった。

「まだ寝《ね》てていいんだぞ。俺も少し調子に乗りすぎた」

僕は先生の口から出てきた言葉に唖然《あぜん》となった。

少し調子に乗りすぎた？……信じられない。あれで、少しだなんて。

「よほど体力がおありなんですね」

「体キツいのか？　だけど、よかったんだろう」

僕の冷ややかな言葉に対して、先生は眉《まゆ》一つ動かさず、とんでもないことを云ってくる。僕は思わず頬《ほお》を赤らめてしまい、慌《あわ》てて顔を背《そむ》けた。

こんな顔をしていたら、イエスと云っているようなものではないか。言葉一つで振《ふ》り回されるなんて、情けない。

動揺《どうよう》しているとは思われたくなくて、僕は悔《くや》し紛《まぎ》れに自棄《やけ》のような質問をぶつけた。

「――先生は、男が相手でも参考になったんですか？」

「そうだな、泣き顔は充分《じゆうぶん》参考になった」

「なっ、泣いてなんかいないじゃないですかっ！」

「もうやだってベソをかいて縋りついてきたのはどこの誰だったかな」

「何かの間違いです！」

もしかしたら熱に浮かされてそれに近いようなことを口にしたかもしれないけれど、あのときの僕は普通じゃなかったんだ。

もしも、妙《みよう》なことを口走っていたのなら、それは僕のせいじゃない！

「そういうことにしておいてやるよ」

不敵な笑《え》みを浮かべながらの返答に引っかかりを覚えたけれど、それを指摘《してき》したらまた何を云われるかわからない。

悔しいけれど、僕は黙《だま》っておくことにした。

「で、どうだった？」

「何がですか」

「感想だよ。聞くって云っていただろう。望まぬ相手に無理矢理《むりやり》抱かれ、体から慣らされる気持ちを。で、俺に抱かれてみてどうだった？」

「べ、別に何とも――」

素面《しらふ》で感想なんて云えるわけがない。思い返すだけで恥ずかしいっていうのに、言葉になんかしたら憤死《ふんし》してしまう。

「覚えてないって云うんなら、もう一回相手してもらってもいいんだが？」

「覚えてますっ！　忘れられるわけないじゃないですか!!」

なんて脅《おど》しをするんだこの人は!?

だけど慌てて咄嗟に返した言葉に、先生はニヤリと笑った。

「ほう？　忘れられないくらいだったって？」

「……っ、そりゃ、初めてなんだから当たり前じゃないですか……」

消え入りそうな声で告げ、次に何を訊《き》かれるかと身構えた。

「そんな全身で警戒《けいかい》しなくたっていいだろう。ちょっとからかっただけだ。どうだったかなんて、お前を見てればわかる」

「いたっ」

ぴん、とおでこを指で弾《はじ》かれ、僕は目を白黒させた。

「そんな様子じゃ、夕食の準備は無理だろう？　夕飯は店屋物でいいか？」

「大丈夫です、僕が作ります」

「無理はしなくていい」

「でも――」

ここで甘えてしまったら、また色々云われるに違いない。身の回りの世話も込《こ》みでここに来ることになったのに何もしないで寝てるなんてできるわけないじゃないか。

だけど、先生は立ち上がろうとした僕の肩《かた》にそっと触《ふ》れ、優《やさ》しい声をかけてきた。

「本当は起きているのも辛《つら》いくせして、意地を張るな」

「それは…っ」

「いいから、今日のところは休んでいろ」

「……すみません」

先生には、しっかりと体調の悪さを見抜《みぬ》かれていたらしい。

顔には出さないようにしていたつもりだったのに、どうしてわかってしまったんだろう。

でも、こんなふうに優しい面もあったのか、とちょっとだけ見直した。なのに――。

「気にするな。これからも、色々と手伝ってもらわないとならないからな」

「……っ！」

含《ふく》みのある言葉に思わず体を退《ひ》くと、先生は僕の様子にくっと小さく笑った。

――見直して損した。やっぱり、この人の性格は最悪だ。

さっさと原稿《げんこう》を終わらせて、とっととこの家を出て行こう。僕は改めてそう誓《ちか》ったのだった。

3

それからというもの、先生はことあるごとに僕にちょっかいを出してきた。風呂《ふろ》の手伝いをするときも着替《きが》えの手伝いをするときも、セクハラじみた接触《せっしょく》をしてくるのだ。

どうやら、先生は僕をからかうことがいたくお気に入りのようだ。

初めのうちはいちいち動揺し、狼狽《うろた》えたところを見せていたけれど、数日経《た》つとそれも日常茶飯事《さはんじ》になってきた。

あれきり、そういうシーンがないため『資料』としての役割は果たさずにすんでいるから平気でいられるのかもしれないけれど。

ただ、原稿を打っている間だけは、いつ肝心《かんじん》のシーンに来るかと思うと気が休まる間もない。

プロットを見せてもらっていないから、先が全然わからないのだ。

「――概《おおむ》ね問題ない」

「え？　あ、はいっ」

そうだった。いまは先生に僕の打った原稿をチェックしてもらってたんだった。

考えごとに没頭《ぼっとう》していた僕は、慌てて差し出された刷り出しの束を受け取った。取り落としそうになるのを胸に抱《だ》きかかえるようにして防ぎ、紙を整えて目を通す。

「赤でチェックを入れたとこを直してくれ。そう大した箇所《かしょ》はないから、すぐ終わるだろう」

「わかりました」

僕は刷り出しを片手に再びパソコンに向かい、誤字のチェックを入れてもらったものを自分でも確認《かくにん》しながらデータ上の文章を直していく。

原稿中は前述した事情のために話の展開にハラハラしつつも、僕はこの作業にはだいぶ慣れてきていた。

先生の作品はかなり読み込んでいたから文字の変換《へんかん》などのくせにはすぐに対応できたし、先生が口述するペースとキーボードを打つスピードも合ってきた。

この調子なら、予定よりも早く原稿が仕上がるのではないだろうか。

「コーヒーでいいか？」

「あっ、そんなの僕がやりますよ！」

「いいからお前は原稿を直してろ。コーヒーくらい、片手でも淹《い》れられる」

「は、はい……」

びしりと命じられ、僕は大人しく椅子《いす》に座り直した。

「砂糖とミルクは？」

「ええと、ミルクだけお願いします」

そう答えると、先生は僕を残して部屋をあとにした。

一人になった僕は改めてパソコンの液晶《えきしょう》に向かい合う。チェックを入れてもらった箇所の漢字や改行を訂正《ていせい》していきながら、自分で打ち込んだ文章に目を通していく。

僕は原稿を読みながら、知らずにため息をついていた。

性格はあまり褒《ほ》められる人ではないけれど、やっぱり作品は凄《すご》い。

初めは主人公・静華の悲恋《ひれん》が語られていくのかと思ったけれど、徐々《じょじょ》に彼女の幼い恋《こい》を引き裂《さ》いた岩城の隠《かく》された恋情《れんじょう》が見えてきた。

不器用にしか生きられない男の悲哀《ひあい》というかもどかしさというか、そんなものが痛いほどに伝わってくる。

男の淋《さび》しさを知った主人公の気持ちが微《かす》かに揺《ゆ》れ始めているのが垣間見《かいまみ》えてきたけれど、いったい、このあとどうなってしまうんだろう？

……早く続きが知りたい。

そんなもどかしさに歯嚙《はが》みしてしまう。誰《だれ》よりも早く久慈嘉彦の作品を目にするという僥倖《ぎょうこう》を嚙みしめながら、さらなる欲求を抑《おさ》えられない。

本当に先生の作品は凄いんだよな。本人はちょっと変わっているけれど。

「ミルクだけでよかったんだよな？」

「あっ…ありがとうございます」

ついつい原稿を読み耽《ふけ》っていた僕は、先生が戻《もど》ってきていたことに気づいていなかった。

机の上に置かれたマグカップからは白い湯気が立ち、淹れ立てのコーヒーの香《こう》ばしい香《かお》りが鼻孔《びこう》をくすぐる。

意地悪なことを云《い》われたりされたりはするけど、この人って基本的には優しいんだよな。原稿を打ってるときも僕がやりやすいように気を遣《つか》ってくれたり、冷え込んだ日の夜はわざわざ寒くないかと聞きに来てくれたり。

出されるちょっかいも、賭《か》けのあの一件を除けば、小学生の男の子が好きな子をいじめる程度のものだ。もちろん歓迎《かんげい》はできないけれど、悪意を感じるようなことは一切《いっさい》ない。

かと思えば、出版社からの電話などには辛辣《しんらつ》に対応し、ろくに話も聞かずに切ってしまっているようだし、未《いま》だに久慈嘉彦という人物が掴《つか》めない。

どんなに困らされようが、ファンだからということを抜《ぬ》きにしてもどうしてか憎《にく》めないところがあるのだ。

「飲まないのか？」

「すみません、僕、猫舌《ねこじた》なんです」

立ち上る湯気が落ち着いてきたのを見計らい、刷り出しを膝《ひざ》に置いてマグカップに口をつけると温かさがじんわりと体に染《し》み渡《わた》っていった。

「……美味《おい》しい」

「これだけは自信があるんだ」

「先生は煙草《たばこ》もお酒もやらないんですか？」

ふと思い立って、この数日で気づいたことを訊《き》いてみる。僕がこの家に来て一週間になるけれど、煙草を吸っているところも灰皿も見ないし、アルコールも目にしない。

「煙草は本に匂《にお》いと色がつくのが嫌《いや》でやめた。酒も飲めなくはないが、家ではあまり口にしないな。もっぱら、コーヒーばかりだよ」

「だから、こんなに美味しく淹れられるんですね」

「どうした？ 珍《めずら》しいな、俺のことを訊くなんて」

「そ、そうですか？」

先生の指摘《してき》に、ファン根性《こんじょう》が出すぎていたかと狼狽える。ここの空気に慣れたせいで、少し気が緩《ゆる》んでいたかもしれない。

その場を誤魔化《ごまか》すように一心にコーヒーを啜《すす》っていると、今度は先生がおもむろに僕に問いかけてきた。

「――お前はどうして編集者になったんだ？」

「え？」

「俺だって、お前のことを訊いてみてもいいだろう？」

「それは構わないですけど……僕のことなんて聞いても面白くも何ともないですよ？」

「自分以外の人間のことは、どんなことでも参考になる。お前はどうして家を出たんだ？ 実家が旅館なら手伝わなくちゃいけないんじゃないのか？」

そういえば、先生には僕が『浅岡屋』の次男だということは云ってあったもんな。

普通《ふつう》なら家業を手伝って然《しか》るべきと思うだろう。

それに小説には色んな種類の人が出てくるもんな。先生のような立場から見たら、それなりに興味があるのかもしれない。そう思った僕は先生の質問に、言葉を選びながら口を開く。

「もちろん、手伝ったほうがいいと思うんですけど、兄は好きなことをやれって云ってくれてるんで、しばらくはその言葉に甘えることにしたんです」

「何で編集なんだ？」

僕はマグカップを置き、再びパソコンの画面に目を向けながら答える。

「本が好きなんです。小さい頃《ころ》から活字中毒で、いつか自分も本を作ってみたいなって思ってたから」

「じゃあ、自分で書けばいいじゃないか」

事も無げに云われた言葉に、僕は苦笑《くしょう》した。自分で書けたらいいなとは思うけれど、適性がないことくらい自覚している。

「無理ですよ、僕には。先生みたいな才能はありませんよ」

「俺にだって才能があったわけじゃない。人より妄想逞《もうそうたくま》しかっただけだ」

「それを文章にできるんだから、充分凄《じゅうぶんすご》いです。僕には小説を書いたり、それを彩《いろど》るイラストを描《か》いたりすることはできないから、違《ちが》う方法で本を作る手伝いがしたかったんです」

編集という仕事に適性があるかどうかはまだわからないけれど、一生懸命《けんめい》やりたいし、どんなに仕事がキツくても楽しいと思える。

「それがこんなエロ小説の代筆をやらされるなんて、うんざりしてるだろう」

意外にも思える自嘲《じちょう》的な発言に驚《おどろ》いた。

先生がそんなふうに思ってるとは思ってもみなかったから。もっと自分の仕事に自信を持っているものだと思っていたのに。

「そんなことありません」

「へえ」

気のない返事は、僕の云うことをあまり信じていない証拠《しょうこ》だろう。ここまでの売れっ子作家なら、褒め言葉は云われ慣れすぎているだろうから仕方ないかもしれないけれど。

「……信じてくれなくてもいいですけど。先生の文章を、先生よりも先に読んでるのかと思うと不思議な気分ですけど、うんざりなんてしませんよ」

むしろ、夢を見ているような気分だ。

待ちに待った久慈嘉彦の新作が、自分の手で形になっていくのだから。

「まるで俺のファンみたいな発言だな」

「あっ、それはそのっ、どんな作品に対しても僕はわけ隔《へだ》てないんです！　自分で考えて書くことができないから純粋《じゅんすい》に凄いと思って…っ」

うっかり漏《も》らしてしまった本音に動揺《どうよう》し、僕は云い訳にならない云い訳をしてしまう。

これじゃ、図星を指されましたと云わんばかりじゃないか！

背中を向けていたことだけが救いだ。きっと、いま僕はとんでもなく情けない顔をしていると思う。

「別にそんなにムキになって否定しなくてもいいだろう、おかしなやつだな。お前が俺を好ましく思ってないことくらいわかってる」

「そ、そんなこと……」

確かにあんなことやそんなことをされたことは快く思ってはいないし、作品に比べて本人は……なんて思ったりもしたけど、先生自身に悟《さと》られるほど感情を出した覚えはない。

それに嫌《きら》いだとまでは思ってない。困った人だとは思うけど、でもやっぱりこの人は僕の好きな作家だし。

「誤魔化さなくたっていい。俺は気にしてない」

「せ、先生……」

上手《うま》く説明できず口籠《くちご》もっていると、背後で立ち上がる気配がした。

「まあ、でも根性《こんじょう》はあるよな。あんなことされて逃《に》げ出さないんだから」

「……っ！　あれは…一応、約束でしたし、ここには仕事で来てますから」

「仕事だから、か……。お前は――」

独り言のような言葉は、途中《とちゅう》から聞こえなくなる。

「え？　いま、何て？」

「もう時間だな。行ってくる」

問い返しはしたけれど、故意に話題を変えられてしまった。先生はいま、何と云おうとしていたのだろう？

「行くって、どこにですか？」

「病院。三時からなんだよ」

「あ…そうでしたね」

先生は手首の捻挫《ねんざ》を診《み》せに近所の診療所《しんりょう》に通っているのだ。そろそろ十日だが、具合のほうはどうなんだろう？

いつまで経《た》っても包帯とテーピングの厚みが変わらない気がして、それが少し心配だ。

「まだ痛みますか…？」

「ん？　ああ、まあな」

「本当に申し訳ございませんでした」

何度謝っても云《い》い足りない気がする。全治一ヶ月と云っていたけれど、このまま上手く動かなくなってしまったら、僕はどうやって償《つぐな》えばいいんだろう。

「何度も謝るな。お前は俺の右手以上の働きをしてくれてるだろう」

「そうでしょうか……」

「ああ。充分《じゅうぶん》な『資料』だしな」

「せ、先生…ッ」

真面目《まじめ》な顔でとんでもないことを云われ、真っ赤になる。云うべき言葉も見つからず、ぱくぱくと口を動かしていると、先生は口の端《はし》だけで小さく笑った。

「見送りはいい。その代わり、夕飯は肉じゃがと味噌《みそ》田楽《でんがく》頼《たの》むな」

そう云うと、ソファーに放《ほう》ってあったコートを手にし、さっさと部屋を出て行ってしまった。

「……まったく、もう」

あの人はどこまで本気でどこまで冗談《じょうだん》なのか、さっぱりわからない。

ただ一つ確かなことは、僕が完璧《かんぺき》に振《ふ》り回されているという事実のみだった。


火にかけた鍋《なべ》が立てる優《やさ》しい音を聞きながら、僕は一人台所で書斎《しょさい》から勝手に持ち出した文庫を読んでいた。

手にしているのは、もう幾度《いくど》となく読んだ久慈嘉彦のデビュー作『十六夜《いざよい》』だ。この話は先生が大学生のときに書いたものらしい。

失恋《しつれん》の傷を負った青年が傷心の旅先で出逢《であ》った少女との交流で癒《いや》されていくという話で、本人の体験が元になっているのではと云われているが、先生自身はそれについて何も答えてはいない。

「やっぱ、いい話だよな……」

先生の作品はどれもこれも切ない話が多い。デビュー作のこの話はプラトニックの恋《こい》のまま終わっているけれど、作品を重ねるごとに官能的なシーンが増えていった。

濡《ぬ》れ場もしっかり書いてあるけれど、登場人物の心情がリアルかつ繊細《せんさい》にきっちりと書き込まれていて、物語の中に入り込みやすいのだ。

純文学の要素がありながら、官能小説として娯楽《ごらく》小説になり得ているところが凄《すご》い。文壇《ぶんだん》からの評価が高いのもそういった文章がうけているのだろう。

「なのに、本人はあんなだなんて……」

ゲイだということを差別するつもりはさらさらない。問題なのは、手近にいるからという理由で僕にちょっかいを出してくることだ。

作風からもっと真摯《しんし》な人だと思っていたのに、本人はあんな軽い人だったなんて考えたこともなかった。ずっと、先生に関する噂《うわさ》を知らなかったせいもあるけれど、抱《いだ》いていたイメージとのギャップは大きかった。

先生は元々、ああいう人なんだろうか？

噂通り、デビュー作が体験を元にしていたのだとしたら、先生も失恋のトラウマでいまみたいに——というのは、ファンとして夢を見すぎかもしれない。

そんなふうに考えごとをしていると、ポケットに入れておいた携帯《けいたい》電話が鳴り響《ひび》いた。

いつものように荻野さんからの定期連絡《れんらく》だろうと思って携帯を取り出した僕は、液晶《えきしょう》画面に表示されていた名前に驚いた。

「え？　北沢さん？」

どうして北沢さんが僕に電話をかけてくるんだ？

僕は首を傾《かし》げながら通話ボタンを押し、携帯を耳に押し当てた。

「はい、もしもし」

『浅岡か？』

「どうしたんですか、北沢さん。何かあったんですか？」

面倒《めんどう》はよく見てもらっていたけれど、北沢さんと組んで仕事をしたことは一度もない。仕事を預けてきた森さんならともかく、いったい何の用があるんだろうか。

『いや、どうしてるかと思って、近くまで来てみたんだ。いま、手は空くか？』

「えっ、近くって、まさかこの近くに来てるんですか？」

僕を心配して、様子を見に来てくれたということだろうか？

そういえば、ここに来る前も色々と声をかけてくれてたもんな。まだまだ後輩《こうはい》として、頼《たよ》りにならないと思われてるのかもしれないけど。

『ああ、久慈先生の家の前にいるよ。大きな家だな、ここは。どこが玄関《げんかん》かわからなかったよ』

「ちょっと待ってて下さい。いま、行きます」

せっかく来てくれたのだから、顔くらい見せておくべきだろう。

僕は鍋の火を止め、急いで玄関へと向かった。

「お待たせしました！」

「何もそんなに急いで来なくてもよかったのに。エプロン、つけたままだぞ」

「あ」

本当だ。指摘《してき》されるまで気づかなかったけど、夕飯の準備をしてたからそのままの格好で来てしまった。

「相変わらずドジだな。そんなんで久慈先生に迷惑《めいわく》かけてないか？」

「多分、いまのところは……」

「原稿《げんこう》はどこまでいった？　どうやって進めてるんだ？」

「半分くらいです。だんだんコツを掴《つか》んできたんで、予定より早く終わるかもしれません。進め方は、先生が喋《しゃべ》る文章を僕が打ち込んでいってるんですけど……」

矢継《やつ》ぎ早《ばや》の問いかけに面食《めんく》らいながらも、一つ一つ答えていく。進行状況《じょうきょう》を確かめないと不安に思うほど、僕が信用できないんだろうか……。

これでも精一杯《せいいっぱい》やっている身としては、些《いささ》か落ち込んでしまう。

「久慈先生の書斎でやってるのか？」

「ええ、まあ」

そう答えると、途端《とたん》に北沢さんは険しい顔になった。

「本当に大丈夫《だいじょうぶ》なのか？」

「何がですか？」

「密室に二人きりで何もされてないだろうな？」

「あ…たり前じゃないですか。僕は仕事で来てるんですよ？」

不意打ちの質問に狼狽《うろた》えそうになったけれど、すんでのところで隠《かく》し通した。

北沢さんは、先生の『ゲイかもしれない』という噂を気にしているんだろう。

でも、いくら信頼《しんらい》できる先輩にだろうが『資料』の件を知られるわけにはいかない。先生との間にあったことがバレたら、大事になるし、きっと僕はこの仕事を外されてしまう。それだけは嫌《いや》だ——そう思いかけ、僕ははたと気がついた。

原稿を早く終わらせて帰りたいと思っていたんじゃなかったのか、僕は——。

「キツいなら、本当に俺が代わってやるからな。お前が辛《つら》い思いをする必要はないんだから」

「大丈夫ですってば。先生とはそれなりに上手《うま》くやってますから」

胸のうちの動揺《どうよう》を押し隠し、笑って誤魔化《ごまか》す。

「そうだよな。俺の気にしすぎだよな。で、ちゃんとメシは食ってるのか？　無理してるんじゃないだろうな？」

「大丈夫です。ご飯も食べてるし、無理もしてませんよ」

あれこれと心配してくれる言葉に苦笑する。北沢さんにとって、僕はまだまだ目が離《はな》せない後輩でしかなく、一人にさせることが不安で堪《たま》らないのだろう。

普段《ふだん》からもっと僕がしっかりしてれば、こんな心配をさせずにすんだかもしれない。

「本当か？　お前、少し痩《や》せたんじゃないのか？」

「……っ!?」

伸《の》ばされた手の先が微《かす》かに頰《ほお》に触《ふ》れ、その途端全身に鳥肌《とりはだ》が立った。

——気持ち悪いっ……！

「浅岡？」

「……ッ」

でも、ここで手を振《ふ》り払《はら》ったりなんかしたら、北沢さんに失礼だ。奥歯を嚙《か》みしめ、込《こ》み上げてくる吐《は》き気を必死に堪《こら》える。

先生にならどこを触《さわ》られても平気だから油断していた。もしかして、男嫌《おとこぎら》いが治ったんじゃないかと思っていたけれど、そう簡単になくなるものでもないらしい。

だとしたら、何で先生だと平気なんだ…？

身内でも不快感を覚えてしまうというのに、赤の他人である先生が大丈夫なのはどうしてなんだろう。

「体調でも悪いのか？　先生に迷惑かけてるんじゃないだろうな？」

「だ、大丈夫です。すいません…」

不愉快《ふゆかい》そうに云《い》われ、僕は体を小さくする。

「…っ」

どうしよう、気持ち悪いのを我慢《がまん》しきれないかもしれない。だけど、ここで『実は男嫌いなんです』なんて云っても、ヘンに思われるだけだろうし。

お願いだから、早くその手を離してくれないかな……。

そして、限界に近づいたときだった。

「誰《だれ》だ？」

突然《とつぜん》、僕と北沢さんの間に、人影《ひとかげ》が割って入ってきた。その人に背中に庇《かば》われた僕は、目の前に立った人物の背中を呆然《ぼうぜん》と見上げた。

「久慈先生……！」

誰かを威圧《いあつ》するような先生の声は初めて聞いた。僕に向けられた背中からも、明らかに怒気《どき》が漂《ただよ》っている。

もしかして、僕のために怒《おこ》ってくれているのだろうか…?

そう思ったら、じわりと胸が熱くなった。

「俺は浅岡と同じ部署の北沢と申します。浅岡を心配して様子を見に来ただけですので」

「……家に来るのなら、俺のほうに連絡の一つくらいあってもいいんじゃないのか?」

とげとげしい先生の言葉に、いつもは自信に満ちあふれて堂々としている北沢さんもたじろいだ様子を見せていた。

「それは……久慈先生を煩《わずら》わせることになるかと思って」

「…へえ…」

「でも、浅岡の顔つきが少しやつれて見えるんですが、俺の気のせいですかね? 浅岡に無茶を云って、酷《ひど》い扱《あつか》いをしたりしてませんよね?」

「ずいぶんと過保護な編集部だったんだな。彼には仕事を全《まっと》うしてもらっているだけだが」

穏《おだ》やかではない二人のやり取りに、僕はいてもたってもいられず間に入った。

「北沢さん、もういいですから! 別に酷いことはされてないし、これは俺の仕事だから大丈夫です…っ」

心配してくれるのはありがたいが、先生を煩わせたくはない。

そんな僕の態度に、北沢さんはあからさまに不愉快そうな表情を浮《う》かべた。

「……それならいいんだ」

北沢さんはそれだけをそっけなく告げ、踵《きびす》を返す。そうして、早足で帰っていった。

北風の吹《ふ》く中取り残された僕たちの間に、ぎこちない沈黙《ちんもく》が降りる。

うう…気まずい……。

北沢さんは帰ってくれたけど、どうも先生の機嫌《きげん》が悪い気がする。どうしたものかと立ち尽《つ》くしていると、先生のほうから声をかけてきた。

「外は寒い。早く家に入れ」

「え？　あ、はいっ」

先生のあとを追うように急いで家の中に入った僕は、玄関で立ち止まっていた先生の背中にぶつかりそうになった。

「せ、先生…？」

「――あいつとはどういう関係なんだ？」

「は？」

詰《なじ》るような言葉に瞠目《どうもく》する。どうして先生は、こんな怖《こわ》い声で僕を追及《ついきゅう》してくるんだろう？

「お前の恋人《こいびと》か？」

「何云ってるんですか？　北沢さんはただの会社の先輩ですよ」

突拍子《とっぴょうし》もないことを云われ、眉《まゆ》が寄る。

先生の云っていることは云いがかりもいいところだ。いったい、どうしてそんなふうに云ってくるんだろう？

「北沢っていうのか。ただの先輩の割に親しげだったじゃないか」

「親しげって、普通《ふつう》に喋ってただけで……」

北沢さんは普段から誰に対してもあんな感じだ。社内でも面倒見《めんどうみ》のいい世話好きとして知られていて、僕だけに特別な態度を取っているわけではない。

「普通に、ね。男嫌いって云うくせに、案外誰に触られても平気なんだな」

「それは…っ」

まったく平気なんかじゃなかったのに、何を見てたんだこの人は！

「まあいい。そうだな——密会の場を見られて、主人にお仕置きをされるってシチュエーションはどうだ？」

反論しようとした僕の言葉を遮《さえぎ》ってそう云ったかと思うと、僕を縛《いまし》める腕《うで》を解いた。そしてすぐに腕を摑み直し、廊下《ろうか》を引っ張って行かれる。

「ちょ、ちょっと待って下さい…!!」

「せっかくだから、旦那《だんな》の留守に他の男と会う気分も教えてもらおうか」

連れて行かれたのは、先生の寝室《しんしつ》だった。敷《し》きっぱなしの布団《ふとん》の上に放《ほう》られ、倒《たお》れた体を押さえ込まれる。

そして、戸惑《とまど》っているうちに手首を寝間着《ねまき》代わりの浴衣《ゆかた》の帯で一纏《ひとまと》めに縛《しば》り上げられてしまった。

「な…何するんですかッ!?　外して下さい!!」

「緩《ゆる》くしておいたから、自分で外せるはずだ。それが解《ほど》けたら咎《とが》めはなしだ」

「そんな……」

緩いと云っても結び目はきっちりとしている。手首をあれこれと動かしてみるが、縛めはびくともしない。

「賭《か》けに負けたのはお前だろう？『資料』になると約束したのは誰だったか」

「でも、こんな――んんっ」

口答えは許さないとばかりに、口づけで言葉を封《ふう》じられる。ぬるりと入り込んできた舌は物慣れた様子で僕の口腔《こうこう》を掻《か》き回した。

擦《こす》れ合う舌はじんわりと痺《しび》れ、口蓋《こうがい》を舐《な》められるとぞくぞくと頭の芯《しん》が震《ふる》える。

そうこうしているうちに、エプロンを捲《めく》り上げられ、着ていたセーターとインナーの裾《すそ》から冷えた手が差し込まれた。

「んぅ…っ、ん、んん――…ぷはっ、外せたら何もしないって…！」

無理矢理《むりやり》唇《くちびる》を解いて文句を云うと、しれっとした調子で返された。

「外せるまではお仕置きの時間だ」

手際《てぎわ》よく緩められたウエストを一息に引き下ろされ、下肢《かし》に冷気が当たる。そして、先生はおもむろに体をずらし、左手の中にあったものに唇を近づけた。

「な…っ!?」

舐め上げてくるねっとりとした感触《かんしよく》に一瞬《いっしゅん》頭の中が真っ白になり、その後、全身の血液が逆流してるみたいな感覚に襲《おそ》われる。

「何、何で…っ、あっ、うそ…や、やめ……っ」

じたばたと足掻《あが》いてみたけれど、足にがっちりと体重を載《の》せられ思うように動かすことができない。昂《たか》ぶりの表面を熱く濡《ぬ》れた舌が這《は》うたびに腰《こし》がぐずぐずと崩《くず》れていくみたいだ。

「そんな、とこ…っ、ぅあ…っ」

ざらりと根本からゆっくりと舐め上げられ、括《くび》れを舌先でなぞられる。神経が剝《む》き出しになったような場所を舐められることがこんなにも刺激《しげき》の強いことだったなんて。

生々しい感触に血液が沸騰《ふっとう》し、ジンジンと体の中心が疼《うず》く。与《あた》えられる強烈《きょうれつ》な快感は、僕の欲望をあっという間に張り詰《つ》めさせた。

「やっ…先生、放し…きたな……ンぅ」

抵抗《ていこう》しようにも手首を縛られ、下肢をがっちりと押さえ込まれたこの状態では思うようにはいかない。

やがて僕のささやかな抵抗は形をなくし、喉《のど》から零《こぼ》れる高い声は甘い吐息《といき》に溶《と》けていった。

「はぁ…っ、あ…んん…っ」

「こっちを楽しんでる場合か？　手、解かないと終わらないぞ」

「〜〜っ、わかってます！」

唇が触《ふ》れたままの状態で喋《しゃべ》られると、その振動《しんどう》までが腰に響《ひび》く。飛んでしまいそうな理性を歯を食いしばって引き止め、手首の拘束《こうそく》を解こうと意識を集中させた。

結び目を歯で引っ張り、少しずつ緩めていくけれど、下肢への愛撫《あいぶ》に思うようにいかない。

「…っ、く……っぁあ、あ…っ」

帯が僅《わず》かに緩んだ瞬間《しゅんかん》、自身を濡れた生温かいもので包み込まれ、腰がビクリと浮き上がる。先端《せんたん》を口に含《ふく》まれたのだと認識《にんしき》した途端《とたん》、カッと全身が発火したみたいに熱くなった。

「あぁ…っ、あ、あ……っ」

強烈な感覚にかぶりを振《ふ》った。先生は僕の昂ぶりを舐めしゃぶり、時折強く吸い上げる。先端の窪《くぼ》みを尖《とが》らせた舌で抉《えぐ》られると、ひくひくと内腿《うちもも》が痙攣《けいれん》した。

ジンジンと疼く下腹部に焦燥感《しょうそうかん》のようなものが募《つの》り、出口の見つからない熱の塊《かたまり》が僕の中で暴れている。

「く…ぅんっ、もう、放し……っ」

何か別の生き物のように蠢《うごめ》く舌に高められ、僕の欲望はこれ以上ないくらいに張り詰めた。

高められた熱が弾《はじ》けそうになったそのとき――。

「うぁ……っ、な、に…!?」

根本をキツく押さえつけられ、欲望を無理矢理《むりやり》抑《おさ》え込まれた。快感を強引《ごういん》に塞《せ》き止められた苦しさに戸惑ってしまう。

「お仕置きだと云《い》ったろう。お前ばかりよくするとでも思ったのか?」

「そん……な……っ」

弾ける寸前の熱は行き場を失い、僕の中で暴れ狂《くる》う。切羽《せっぱ》詰《つ》まった焦燥感に頭がおかしくなりそうだ。

「イカせて欲しい? だったら、お願いしてみるんだな。許して下さいって」

先生はさっき北沢さんと会っていたことを云っているんだろうか?

それとも、また小説の『資料』として……?

「……っ」

理不尽《りふじん》な命令に、僕は頑《かたく》なに奥歯を嚙《か》みしめ、一言も発しようとはしなかった。

「本当に強情《ごうじょう》だな、お前は」

「あっ!?」

苦笑《くしょう》と共に体を返され、足の間を探《さぐ》られる。乾《かわ》いた指で硬《かた》く閉《と》ざした窄《すぼ》まりを撫《な》でられ、体が竦《すく》んだ。

僕は中途半端《ちゅうとはんぱ》に放り出された下肢の熱さを堪《こら》えつつ、ちょうど目の前にきた手首を縛る帯に

ぐってきた。

指先が無理矢理中へと埋《う》め込まれる。先生は強引に狭《せま》い入り口を押し開き、僕の体内をまさぐってきた。

「い……った……」

潤《うるお》いのない指はなかなか奥へは進んでいかず、皮膚《ひふ》が引き攣《つ》れる痛みに眉を寄せる。一瞬、痛みに昂ぶりが竦んだけれど、ゆるゆると内壁《ないへき》を擦《こす》られているうちにまた熱が漲《みなぎ》ってきた。

「んく……ん……っあ、う…っ」

執拗《しつよう》な愛撫を堪《た》え忍《しの》びながら、僕は必死になって帯に挑《いど》む。時折、浅い部分にある敏感《びんかん》な場所を撫でられると、反射的に零れる嬌声《きょうせい》のせいで帯を噛む歯が外れた。

「まだ外せないのか？」

「話しかけないで下さい…！」

ただでさえ意識が散漫《さんまん》になりかけているというのに、話なんかしてる余裕《よゆう》などあるはずもない。そんな必死な僕を嘲笑《あざわら》うかのように、先生は僕の体を翻弄《ほんろう》してくる。

やがて、息も絶え絶えになった頃《ころ》、左右の手首を捻《ひね》りながら結び目の一部を引っ張ったことで、それまでびくともしなかった帯の結び目が緩んだ。

そのまま引っ張っていくと、手首に絡《から》みついていた帯がしゅるりと外れる。

「…っ！　解け…ました…よ…！」

体を捻って息も絶え絶えに宣言すると、先生はわざとらしく眉《まゆ》を上げて云った。

「それは凄《すご》い。——で？　ここでやめるか？」

意地悪な問いにぐっと言葉に詰まる。

できることなら「もちろん」と答えたかったけれど、僕の体はとうに引き返せないところまできてしまっていた。

「帯を解けたご褒美《ほうび》に一つ云うことを聞いてやろう。俺にどうして欲しい？」

そんなふうに訊《き》くなんて卑怯《ひきょう》だ。僕がいまどうして欲しいのかなんて、先生が一番よく知っているくせに。

だけど、イカせてくれとか抱《だ》いてくれなんて口が裂《さ》けても云いたくない。

「……どうにでも、して下さいっ」

悔《くや》しさのあまり、僕は自暴自棄《じき》になってそう云い放った。

あとでその言葉を後悔《こうかい》するとは思いも寄らずに——。

「…………」

——また、いいようにされてしまった……。

僕は布団《ふとん》に俯《うつぶ》せに突っ伏《ぷ》したまま、深いため息をついた。

どうにでもしてくれと云ったのはこの僕だけど、少しくらい加減してくれてもいいだろうに、先生は僕が本気で泣き出すまで責め立てた。

酷使《こくし》された腰は痛いし怠《だる》いし、泣きすぎて目蓋《まぶた》も腫《は》れぼったい気がする。その上、後始末だ何だと正気に戻《もど》ったあとも、散々恥《は》ずかしい格好を強《し》いられたし……。

何で僕ばっかりこんな目に遭《あ》うんだ。

まあ、結局は自業自得なのかもしれないけど、ものには限度ってものがあるだろう!

「……って、一人で怒《おこ》ってても仕方ないか」

ぶつける宛《あて》のない怒りなど、気力の無駄遣《むだづか》いだ。

それにしたって、どうして僕は先生が相手だと気持ち悪かったり鳥肌《とりはだ》が立ったりしないんだろう? さっき、北沢さんに触《さわ》られたときは寒気まで走ったというのに。

でも、北沢さんでダメだったってことは、僕の男嫌《おとこぎら》いが治ったわけじゃないってことだよな。

自分のことながら、わけがわからない。

「てっ」

うんうんと唸《うな》っていると、突然《とつぜん》頭に何かが当たった。何だろうと顔を上げると、視界に薄《うす》紫《むらさき》色の紙袋《かみぶくろ》が飛び込んできた。

「な、何ですかこれ」

「土産《みやげ》だ」

シャワーを浴びて戻ってきた先生は、湿《しめ》った髪《かみ》をバスタオルでがしがしと拭《ふ》きながらそう云った。

「え？　僕にですか？」

「こういうの好きだろう？」

ぶっきらぼうに差し出された紙袋の中には、和風の包みが入っていた。表の店名を見る限り、どうやらこれは和菓子《わがし》の詰《つ》め合わせらしい。

僕は甘いものが好きだし、とくに和菓子は大好物だけれど、どうして先生がそのことを知ってるんだろう？　会社でも和菓子が好きだとは誰《だれ》にも云ったことがないのに。

「あ……ありがとうございます……。あの、でも何で僕がこういうの好きだってわかったんですか？」

そう問いかけると、先生は何故《なぜ》か押し黙《だま》った。

「……何となくだ」

「はあ」

好きそうに見えただけ、ということだろうか？

首を捻りつつも、それ以上追及《ついきゅう》できる雰囲気《ふんいき》でもなく、僕は気まずく沈黙《ちんもく》する。その沈黙を先に破ったのは、先生のほうだった。

「何を一人で唸ってたんだ？」

苦悩《くのう》する姿を見られていたらしい。

「別に何でもありません」

「何でもないのに、ここに皺《しわ》を寄せてたのか？」

ぐっと指先で眉間《みけん》を押される。そんな細かいところまで見ていたのか。

そんなことを気にするくらいなら、少しくらい手加減して欲しい。こっちの体力も考えておいてもらいたいものだ。

「……先生には僕の気持ちなんてわかりませんよ」

僕は寝返《ねがえ》りを打って背中を向け、問いかけに自嘲《じちょう》気味に返す。

男嫌いだったはずの自分が男に抱かれて平気でいるどころか、あんなふうな反応をしてしまった僕の苦悩がわかられて堪《たま》るか。

「男に抱かれて感じるなんてって悩《なや》んでんのか？　俺だって、お前がこんなに適性があるとは思ってなかったからな」

「だって、僕はずっと男嫌いだったんですよ!?　何で、こんな…っ」

先生の無責任な発言に僕はがばりと起き上がって食ってかかる。八つ当たりのようなものだったけれど、一言くらい云《い》っておかないと気がすまなかった。

「そりゃ、普通《ふつう》の男で男好きってのはいないだろうよ。俺だって、学生のときまでは女しかいけないと思ってたぞ」

「そうじゃなくて、僕は本当にダメなんです！　触られるのもダメだし、満員電車にも乗れないし――」

深夜の満員電車の中の空気を想像するだけで鳥肌が立ってくる。オヤジ臭《くさ》さと酒臭さが混じったあの匂《にお》いだけは勘弁《かんべん》して欲しい。

「ダメって、触られるとどうなるんだ？」

「鳥肌とか蕁麻疹《じんましん》とか……気持ち悪くもなるし、最悪吐《は》いたこともあります」

学生時代は本当に大変だった。同級生をあからさまに避《さ》けるわけにもいかず、かといって普通のふりもできない。

仲のいい友人に手助けしてもらったり、体育を見学したりと何とかその場を切り抜《ぬ》けてきたのだ。

「じゃあ、何で俺は平気なんだ？」

「だから悩んでるんじゃないですか！　僕だって、その理由が知りたいですよ」

触るどころか、キスされても気持ち悪いと思わず、抱かれても快感に流されてしまう。これまでの自分からは想像もできないことばかりだ。

「もしかして、治ったのかもと思ったら、北沢さんのときはやっぱりダメだったし……」

「……あいつに何かされたのか？」

ため息混じりに何気なく口にした言葉に、先生は何故《なぜ》か過剰《かじょう》に反応した。その剣幕《けんまく》に、思わずたじろいでしまう。

「か…顔を触られてたじゃないですか。でも、先生は何で北沢さんのことだとムキになるんですか？」

そう訊《たず》ねると、先生は不愉快《ふゆかい》そうな表情を浮《う》かべた。

「……ただ、あの男が気に食わないだけだ」

「気に食わないって……」

たったそれだけの理由で？

世の中にはこれといった明確な原因がなくても相性《あいしょう》の悪い人間というものがいるが、先生にとって北沢さんはそりが合わないタイプだということなのだろうか？

「理由なんてない。できるだけ、関《かか》わり合いになるな」

「関わり合いになるなって、同じ編集部の人間なんですよ？」

「……とにかく、必要以上には近づくな」

「わ…わかりました……」

否《いな》と答えたら何をされるかわからない迫力《はくりょく》で詰め寄られ、僕は渋々《しぶしぶ》頷《うなず》いてみせた。

先生は偏屈《へんくつ》なところがあると荻野さんが云っていたけれど、思い込みが激しい人なのかもしれない。さっきの印象が悪かったせいで、頑《かたく》なになっているんだろう。

ちゃんと話をしてみれば、北沢さんのいいところもわかると思うんだけど……。

剣幕に押され呆然《ぼうぜん》としていた僕に気づいた先生は、バツが悪そうに空咳《からせき》をする。気まずさを誤魔化《ごまか》すように、僕に話の続きを促《うなが》してきた。

「それで、お前の男嫌いの原因は何なんだ」

「小さい頃《ころ》のトラウマですよ」

「トラウマ？」

「家がああいう仕事だったから、酔《よ》っぱらいのオヤジとかによく絡《から》まれたり、ヘンなとこ触られたりしてたんです。そういうので苦手意識を持ってたところに客の一人に……その、キスされて、それからまったくダメになりました」

あのときのキスが引き金になったことは兄にしか話していない。僕にとっては根が深すぎて、母にもそれ以外の人にも話すことができなかったのだ。

いま、こうして平静を保って話すことができるのは、先生とはキスもそれ以上のこともしてしまったからだろう。

――あれ？　そういえば、実家で先生を押し潰《つぶ》したあとキスされたとき、ヘンな既視感《きしかん》があったよな？

幼い頃にされたキスにどこか似てる気がしたのだ。あれ以来、男にキスされたことがなかったから似てると思ってしまったのかもしれないけれど。

「おかしいですよね、何で先生には拒否《きょひ》反応が出ないんだろう…。先生はどうしてだと思いますか？――先生？」

問いかけの返答がないことを不思議に思って先生の顔を見ると、真剣《しんけん》な表情で何かを考えているようだった。

「先生？」

「……浅岡。ここにいるのは辛《つら》いか？」

「え？」

深刻な響《ひび》きの籠《こ》もった問いかけを口にするその表情は明らかに暗く澱《よど》んでいた。

僕は何かまずいことを云ってしまっただろうか？

「もし辛いようなら、帰ってもいいんだぞ」

「何云ってるんですか？　いつもの先生らしくありませんよ。別に僕は辛くなんてないです」

「浅岡……」

「そりゃ、こういう…その、エッチなことは歓迎《かんげい》できませんけど、原稿《げんこう》のお手伝いは……やりがいがありますから」

目に見えて落ち込んでいる先生を励《はげ》ましたくて、思いついたことを口にする。すると、先生はしばらく目を瞬《しばた》いていたけれど、すぐにぷっと噴《ふ》き出した。

「――ったく、お人好《ひとよ》しだな、お前は」

「そ…そうですか？」

「ああ。とりあえず、服を着るか風呂《ふろ》に入るかしろ。そんな格好のままじゃ風邪《かぜ》をひく」

「……誰《だれ》がこんな格好にしたと思ってるんですか」

自分の姿を改めて見た僕は、恥《は》ずかしさのあまりそんな悪態をついてしまう。すると、先生もいつもの調子を取り戻《もど》して軽口を返してきた。

「何だ？　俺に着せて欲しいのか？」

「自分で着れます！」

とんでもないところに放《ほう》り出されていた下着を差し出された僕は、慌《あわ》ててそれをひったくる。

くっくっと笑う先生の顔には、もうさっきの陰《かげ》りは見当たらなかった。

4

あの日から、僕たちの間の空気が少し変わった気がする。何となくだけど、距離《きょり》が近くなったような感じがするのだ。

「先生、朝ご飯できましたよ」

ノックをしてから書斎《しょさい》のドアを開けた僕は、様変わりした室内にぎょっとした。整然と片づけられていたはずの本棚《ほんだな》がひっくり返され、足の踏《ふ》み場もない状態になっている。

「……何をなさってるんですか？」

僕はおずおずと部屋を散らかしている張本人に声をかけた。

「捜《さが》し物をしてるんだ。そのへんで俺の本を見なかったか？」

「先生の本、ですか？」

「急ぎの仕事を忘れてたんだ。ちょっと確認《かくにん》したいことがあるんだが、どこに置いたんだったかな……」

その言葉に、僕ははっとなった。

もしかして、先生の捜しているものは昨日僕が読んでた本ではないだろうか？

確か台所で夕食の仕度《したく》をしながら読んでいて、北沢さんから電話をもらったあと、食器棚の端《はし》に置いてきて、そのあと色々あったから忘れてしまっていた。

「あの……もしかして、『十六夜《いざよい》』の文庫版ですか？」

「そうだが」

「すみません、ちょっと待ってて下さい！」

慌てて一階の台所に行き、文庫を手に書斎へと戻ってくる。息を切らせて文庫を手渡《てわた》すと、先生は不思議そうな顔で訊ねてきた。

「どこにあった？　この部屋から出した覚えはないんだが」

「すみません、僕が読んでたんです……」

首を捻《ひね》る先生に、僕は小さくなって謝罪する。僕の考えなしな行為《こうい》が先生にこんな迷惑《めいわく》をかけてしまうなんて……。

だけど、先生は怒《おこ》るどころか、珍《めずら》しいものを見たと云《い》わんばかりの顔をする。

「お前が？　どういう風《ふ》の吹き回しだ？」

「その…時間があったんで…」

「だったら、他の本もあるだろうに」

「まあ、そうなんですけど……。あ、仕事って何に使われるんですか？」

それ以上の追及《ついきゅう》を避《さ》けるべく、僕は質問で切り返すことでその場を誤魔化した。

「森山《もりやま》先生の文庫の解説だよ。新人賞の選考委員をして下さった縁《えん》で、これの解説を書いてもらったんだが、今度は俺が書くことになってな。だから、一度ちゃんと読み返しておきたかったんだよ。他社の依頼《いらい》だが、あとで打ち込みを手伝ってもらってもいいか？」

「もちろん、お手伝いします」

「さっき、受賞作が載《の》った雑誌を見つけたんだが、コメントが若くて笑ったよ」

「え⁉ もしかして、小説新星の五月号ですか⁉」

先生の何気ない言葉に、上擦《うわず》った声を上げてしまった。

「そうだが、よく知ってるな」

「あとで見せていただいてもいいですか⁉」

それはファンの間では幻《まぼろし》の一冊だと云われているバックナンバーだ。先生の新人賞受賞作は単行本になったときに大幅《おおはば》に改稿《かいこう》されている。その大元の形で読めるのは、雑誌掲載《けいさい》のものだけなのだ。

部数が落ち込んでいた時期のもので、市場にあまり出回っていない上に古い号のために、ファンになってから図書館などで探してみたけれど、結局見つからなかった。

他にも単行本に収録されていない掌編《しょうへん》があるから、いつか国会図書館に行ってまとめて閲覧《えつらん》させてもらおうと思っていたのだが、こんな形でお目にかかることができるなんて！

「それは構わないが、そんなに読みたい話でも載ってるのか？」

「え？」

「号数まで覚えてるなんて、相当なものだろう。お前はどの作家が好きなんだ？」

「あ…ええと……その………」

興奮するあまり、あとのことを考えていなかった。あんなに浮《う》き足立っていたら、何が目当てなのかと訊《き》きたくもなるよな、普通《ふつう》。

いったい、どうフォローしたらいいんだろう。

僕がファンだということは隠《かく》しておけと云われてるし……。

「——まさか、本当に俺のファンだなんて云い出すんじゃないだろうな？」

「………」

そんなことないですよとこれまで通りに答えればよかったものを、動揺《どうよう》しきっていた僕は視線をうろうろと泳がせたまま、黙《だま》り込んでしまった。

「おい、浅岡？　何黙ってるんだ。もしかして、そうなのか？」

「……すみません、隠してて」

先生は信じられないといった顔をしたあと、やれやれといったふうにため息をついた。

「何でそんなこと隠す必要があったんだ」

「ファンだからって浮かれた気持ちで来てるとは思われたくなくて……」

荻野さんに注意されていたこともあったけれど、プライベートと仕事にしっかりと線を引いておきたかったのだ。

「だから、ほとんど読んでないなんて答えたのか？」

「……はい」

「バカめ。他の作家なら、逆に悪印象持たれるところだぞ」

「うっ……そうですよね、すみません」

もっと上手《うま》い誤魔化《ごまか》し方をすればよかったのだろうが、あのときはバレちゃいけないと意識するあまり、失礼なことを色々云ってしまった気がする。

「そこの段ボールの中に古い雑誌がまとめて入ってるから、読みたかったら好きにしろ」

「いいんですか!?」

思いがけない言葉に、僕は再び目を輝《かがや》かせる。

一緒《いっしょ》に動悸《どうき》も激しくなってきた。どうしよう、こんな幸せが続いていいものだろうか？

一生ぶんの運を使い果たしてしまったような気がする。

「そう喜ばれると、調子が狂《くる》うな。ついでに部屋の中を片づけておいてくれ」

「はいっ」

威勢《いせい》よく返事をした僕は、すでに気持ちが段ボールのほうへ向かってしまう。

飛びつくのもみっともないし、でも、早く読みたいし……。

そんな僕に苦笑《くしょう》しながら、先生が訊《たず》ねてきた。

「いつからなんだ？」

「は？」

「いつから俺の本を読んでるのかって訊いてるんだよ」

まさか、そんなことを訊かれるとは思ってなかった僕は驚《おどろ》きに目を瞬いたが、すぐに嬉々《きき》として『久慈作品』との出逢《であ》いを話し出す。

「ええと、大学生のときからです。同級生の女の子に勧《すす》められて読んだらハマっちゃって、手に入るものは全部読んでます。コラムとかの毒のある文章も好きなんですけど、小説の透明感《とうめい》のある空気がとくに好きで――」

「もういい。よくわかった。…ったく、本人の前で恥《は》ずかしげもなく、よくそんなことが云えるな」

「あ…すみません……」

もう隠さないでいいのかと思ったら、つい勢いづいてしまった。

先生は複雑な表情で、頭の後ろを掻《か》いている。先生くらいの作家なら、褒《ほ》められ慣れてそうなものだけど。

でも、先生もこんな顔をすることがあるんだ……。

目《ま》の当たりにした新しい一面に、ちょっと得した気分になる。

「他の編集さんは感想とか云われないんですか？」

「云うけど、あんなのお世辞だろ。気持ちが籠《こ》もってるか籠もってないかなんて、聞いてりゃわかる。いまは売れてるから、寄ってきてるだけだ。何でもいいから書けだなんて、やる気あんのかって話だよな」

「そんな……」

「まあ、お前んとこの編集長はちょっと違《ちが》うか。あの人だけは、もっと売れる本を作れるはずだって息巻いてたからな」

初めは引き受けるつもりがなかったらしいが、最終的に押しに負けたと笑う。

僕もつられて一緒になって笑ったが、そのときの荻野さんの様子がありありと想像できて怖《こわ》い。

「でもこれで納得《なっとく》したよ。それなりに読んでなけりゃ、俺の文章のくせまでは覚えないよな」

漢字の変換《へんかん》や改行の仕方などが指導することなくスムーズにできていたことが気になっていたのだろう。

今回、こうして原稿《げんこう》を手伝うことになって、先生の小説に対するこだわりを知ることになった。本人と、本人を知る前に抱《いだ》いていたイメージとはかけ離《はな》れていると一度は思ったけれど、やっぱりこの人は繊細《せんさい》な感性を秘《ひ》めているような気がする。

無骨な態度を取っていても、どこか陰《かげ》があるように思えてならないのだ。

「……どうして、先生はこういう作品を書くようになったんですか？」

「もっと高尚《こうしょう》なものを書けとでも云いたいのか？」

「いえっ、そういう意味じゃなくて、小説を書こうと思ったきっかけって云うか」

質問の言葉を換《か》えて訊き直すと、先生は黙り込んだ。その表情にも僅《わず》かに陰が落ちる。

「――忘れたいことがあったからだ」

「忘れたいこと……？」

返ってきた抽象《ちゆうしよう》的な答えに首を捻《ひね》る。先生のように才能にも外見にも恵《めぐ》まれた人でも、忘れたいようなことがあるなんて想像もつかない。

いつか、雑誌のインタビューに載《の》っていた学歴も相当なものだったはずだ。

――あ、もしかして……。

僕はふと、デビュー作に関しての噂話《うわさばなし》を思い出した。実体験を元にしているというあの噂《うわさ》が事実だとしたら、失恋《しつれん》に傷心し生きる気力を失っていたあの主人公は先生自身の可能性もある。

そのときの失恋の傷を癒《いや》したくて、あんなふうな話を書いたのかもしれない――というのは、僕の考えすぎだろうか？

「もう昔のことだ。それより、朝飯ができたんだろう？　早く食わないと冷めるんじゃないのか？」

「あ、はいっ！　そうでした！」

書斎《しよさい》を出るよう急《せ》き立てられ、僕の疑問は有耶無耶《うやむや》のままになってしまう。

いったい、先生は何を忘れたかったのだろう？

気になって堪《たま》らなかったけれど、ちらりと振《ふ》り返って見た先生の表情からは、何も読み取ることができなかった。

5

「ん……もう、朝……？」

ぼんやりとした頭は、冷えた空気と障子越《ご》しの柔《やわ》らかな光ですぐに覚醒《かくせい》する。

昨日も夕食のあと深夜まで原稿を打っていたため、眠《ねむ》ったのは丑三《うしみ》つ時《どき》を越《こ》えていたけれど、いつものくせで早起きをしてしまった。

もう少し寝《ね》ていても問題はないが、一旦《いったん》目が覚めてしまってから布団《ふとん》の中にいるのはどうも落ち着かない。小さい頃《ころ》から、朝は旅館の掃除《そうじ》の手伝いなどをやらされていた習慣がまだ抜《ぬ》けないのだ。

きっと、先生が起きるのは早くても昼前くらいだろう。となると、朝食を作る必要はないってことだよな。

「じゃあ、掃除でもするか」

掃除機を使うとうるさいだろうから、今日は手をつけていない和室の掃《は》き掃除でもしておこう。使っていないから何もしなくていいと云《い》われているけれど、埃《ほこり》くらい払《はら》って空気の入れ替《か》えくらいしておいたほうがいい。

手早く着替《きが》えをすませた僕は、納戸《なんど》から箒《ほうき》とちり取りを探し出し、閉め切ったままになっていた和室の窓を開け、一部屋ずつ掃いていった。

「しかし、本当に広い家だよな……」

床面積《ゆか》はウチの旅館とそう大して変わらないんじゃないだろうか？

先生は、この家にずっと一人で暮らしてるんだよな。こんな広いところに一人でいるのは、やっぱり淋《さび》しい気がする。マンションのワンルームでさえ、静かさが気になってしまう僕なら耐《た》えきれそうにない。

一部屋終わるごとに襖《ふすま》を開け放っていった僕は、一番奥の部屋に足を踏《ふ》み入れた瞬間《しゅんかん》、息を呑《の》んだ。

「凄《すご》い……」

衣桁《いこう》にかけられた色鮮《いろあざ》やかな打ち掛《か》けに目を奪《うば》われる。

もしかして、これは婚約者《こんやく》だった人の……？

いや、そうとしか考えられないだろう。華《はな》やかでありながら上品さを持ち合わせたこの打ち掛けは祝い事のために仕立てられたに違いない。

それがどうして、先生の家に置いてあるんだ？　婚約はすでに破棄《はき》されたはずなのに。

「――――」

そういえば、婚約破棄がショックでスランプになってしまったようだと荻野さんが云っていた。ということは、未《いま》だその人に未練を持っていてもおかしくはない。

婚約破棄の理由までは教えられていないけれど、先生にお似合いの素敵《すてき》な人なんだろう。きっと、もう必要のない花嫁衣装《はなよめいしょう》を処分できずにいるくらい、忘れることのできない相手に違いない。

「痛ッ」

何だ、いまの……？

血の気が急に引いていくのと同時に、一瞬だけどズキンと心臓が疼《うず》くように痛んだ。そして、あとをひく胸焼けのようなムカムカした感覚。

男に触《さわ》られたときとは種類の違う不快感に困惑《こんわく》する。本当に何なんだ、これは。

これじゃまるで、会ったこともない先生の婚約者に対して嫉妬《しっと》してるみたいじゃないか。

そのときふと、頭に浮《う》かんだ単語が引っかかった。

「……嫉妬？」

どうして僕が嫉妬しなくちゃいけないんだ？　それも、先生の婚約者に。

別に僕と先生は恋人《こいびと》同士でも何でもないじゃないか！

僕は原稿の手伝いに来ている新人編集者で、先生は本当ならぺーぺーの編集者には近寄ることもできない大ベストセラー作家。立場が違いすぎる。

……でも、もしも先生の恋人だったらどんな感じなんだろう？

どんなふうな顔を向けて、どんなふうに接するんだろう？

——ちょっと待て。何を考えてるんだ、僕は。

ぶんぶんと頭を振り、脳裏《のうり》に浮かんだ考えを吹き飛ばす。きっと、寝不足《ねぶそく》だからろくでもないことが頭に浮かぶんだ。

熱いコーヒーでも飲んで、頭の中をすっきりさせよう。

僕は北風の吹き込む窓を閉めきり、そそくさと一番奥の和室をあとにした。自分の心に蓋《ふた》をするかのように最後の襖を閉め、廊下《ろうか》に出てようやく、肩《かた》から力が抜ける。

「…………」

気がつくと僕は手の平にじっとりと汗《あせ》を掻《か》いていた。どうにもすっきりした気持ちになれず、人の心の中を勝手に覗《のぞ》き見てしまったかのような後味の悪さが残る。

こんなことなら、余計なことなどしなければよかった。

先生だって人に見せられないと思っているからこそ、あんな場所に置いて、僕が和室に入ることがないよう掃除の必要はないなどと云っていたに違いない。

いっそ、忘れてしまったほうがいい。先生の気持ちがどうであれ、僕には関係ないことなのだから。

僕はそう自分に云い聞かせるけれど、重苦しい気持ちは払拭《ふっしょく》できなかった。

「先生、お茶飲みますよね?」

「ああ、頼《たの》む」

茶葉を入れておいた急須《きゅうす》にポットからお湯を注ぎ入れると、ふわりとお茶のいい香《かお》りがする。

遅《おそ》めの朝食、もとい昼食を終えたのは正午もとうにすぎた昼下がりだった。

いつもなら云われた時間に起こしに行くのだが、ごちゃごちゃと考えごとをしていたせいで予定の時間を大幅《おおはば》にすぎてしまい、慌《あわ》てて寝室《しんしつ》に向かったときにはすでに先生が起き出していた。

「すみません、今日は……」

「気にするな、居眠《いねむ》りくらい誰《だれ》でもするだろ。昨日も遅かったから疲《つか》れてたんだろう」

「はあ…」

「メシだって、もっと手ぇ抜いても構わないんだぞ」

「でも僕、こういうのしか作れないんです。パスタとかのレシピをあんまり知らなくて……。何か食べたいものがあるんでしたら、作り方調べておきますけど」

和食は実家の厨房《ちゅうぼう》に出入りしていたお陰《かげ》で、見様見真似《みまね》だけどそれなりに応用を利《き》かせることができるのだが、洋食はさっぱりだ。それこそ、茹《ゆ》でたパスタにレトルトのソースを絡《から》めるくらいのことしかできない。

「手間じゃなければいいんだが。俺は和食のほうが好きだからありがたいよ。浅岡はいい嫁《よめ》さんになれるな」

「な…に云ってるんですか、僕は男ですよ？」

『嫁』という単語にギクリとなり、一瞬声が震《ふる》えてしまった。冗談《じょうだん》だとわかっているのに、心臓がバクバクと早鐘《はやがね》を打つ。

こんな言葉一つで狼狽《うろた》えていてどうする！

いくら、今朝あんなものを見つけてしまったからって、動揺《どうよう》しすぎだろう。

「それは残念だな」

こんなの、先生の軽口だ。普段《ふだん》のセクハラの延長でしかない。だって、先生にはちゃんと好きな人がいるのだから。

それに先生が誰を好きだろうが、僕には関係のないことだ。いくら体の関係を持っていたとしても、僕は先生にとって『資料』でしかない。

でも――先生は、好きな人にどんなふうに愛を囁《ささや》いて、どんなふうにその体を抱《だ》くのだろう？

「どうした？　さっきからぼんやりしてるみたいだが。疲れてるようなら、今日は休みにするか？」

「いえっ、大丈夫《だいじょうぶ》です！　ちょっと片づけてきますねっ」

先生の顔を見ていると、余計なことを考えてしまう。僕はその場を取り繕《つくろ》うようにテーブルの上を片し始めた。

「そんなに急がなくてもいいだろう。少しくらいゆっくりしたらどうだ」

「でも……」

「時間はたっぷりあるだろう？　それに一人で茶を飲んでいても味気ない」

「じゃあ…ちょっとだけ……」

結局、先生の前から逃《に》げ出すことも叶《かな》わず、僕は先生を前にしながらお茶を飲むことになってしまった。

……気まずい。

意識しないようにすればするほど、今朝見つけた花嫁衣装のことが気になってしまう。

何かさりげない話題はないかとない知恵《ちえ》を絞《しぼ》っていると、先生のほうから問いかけてきた。

「――お前は『十六夜』を読んで、どう思った？」

「え？　どういう意味ですか？」

「ただ感想を聞きたいだけだ。あの主人公はお前にはどう見える？」

どうして、突然《とつぜん》こんなことを訊《き》いてくるんだろう？

昨日、僕が先生のファンだったとバラしたからだろうか。作家が直接読者と話す機会はそうそうないから、そういった意味で興味を持たれたのかもしれない。

『十六夜』は失恋《しつれん》をした青年が旅先で出逢《であ》った少女とのやり取りで立ち直っていく話だ。人生をかけてもいいと思える恋を失い、自暴自棄《じき》になっていた青年が少女にささやかな幸せを——たとえば道ばたに咲《さ》く小さな花の可憐《かれん》さや、星々に囲まれた清廉《せいれん》な光を湛《たた》える月の神々《こうごう》しさを教えてもらう。

そうして初めて、自分を取り巻く世界が美しいことを思い出す。苛立《いらだ》ちのあまり、少女を傷つけるような言葉を口にすることもある。だが、悲しい顔を浮かべた少女は、青年の後悔《こうかい》を察し、許してくれるのだ。

そんなひとときの夢は夏の終わりと共に去る。読んだ者の心に残るのは、夏の夜に吹く涼《すず》やかな風に似た寂寥《せきりよう》感とジンとした胸の温かさだ。

僕は少し考えてから、先生の質問に対し、一番印象に残ったことを口にした。

「そう…ですね……。子供みたいな人なのかな、と思いました」

「子供みたい？」

僅《わず》かに眉《まゆ》を寄せた先生に対し、誤解されないようにと慌てて言葉をつけ加える。

「あ、子供っぽいとかそういう悪い意味じゃなくて、何だろう、純粋《じゆんすい》っていうか……。あとは淋《さび》しい人なのかなって。自分が必要としている人じゃなくて、自分を必要としてくれる人を好きになっちゃったから、最初の——あの話の中で一つ目の恋がダメになっちゃったんじゃないかなぁって思うんです」

「なるほどな」

「何か、勝手なことばかり云《い》ってますね、すみません……」

一息に告げてた僕は、少しばかり不安になる。作者本人を前にこんな偉《えら》そうな感想を云うなんて、失礼に当たるのではないだろうか？

機嫌《きげん》を損ねていなければいいけれどと、先生の顔を窺《うかが》い見る。先生は僕の懸念《けねん》に気づくことなく、真面目《まじめ》な顔で質問を重ねてくる。

「謝ることはないだろう。一つ目の恋《こい》と云ったが、お前はあの少女との間にあったものが恋愛だと思うのか？」

「ええと、そうだと思ってたんですけど、違《ちが》うんですか？」

「別に決まってはいない。あのシーンを他の人間がどう受け取るのか、俺はそれが知りたくて賞に応募《おうぼ》したんだよ」

「そうだったんですか。……僕は恋だったんじゃないかなって思いました」

受賞作にそんな経緯《けいい》があったなんて。昨日読んだ雑誌に載《の》っていた受賞時のコメントやその後のインタビューにもそのようなことは何も書かれていなかった。

なのにどうして、僕にそんなことを教えてくれるんだろう？

先生の意図はわからないけれど、軽い気持ちでこんな大事なことを話してくれてるわけじゃないはずだ。そう思った僕は、読んだときに感じた気持ちを思い出しながら大事に言葉を選んでいく。

「もしかしたら、主人公にとって初めての本当の恋だったんじゃないのかなぁって思ったんですよね。お互《たが》いの立場とか周囲の環境《かんきょう》とかまったく知らない状況《じょうきょう》で出逢って別れるわけじゃないですか。だからこそ純粋で切ないんだなって」

「そうか……」

「あの、でも本当に僕が勝手に思ってることなんで、てきとうに聞き流して下さいね！」

本人を前に感想を告げるというのは、どうにも恥《は》ずかしい。昨日、ファンだということを白状したときもそうだったけれど、まるで愛の告白をしているみたいな気分だ。

「他に感じたこととかはないのか？」

「え、他にですか……？　うーん……」

先生には何か気づいて欲しい点でもあるのだろうか？

だけど、いくら考えても僕にはそれが何なのかわからなかった。

「すみません、ちょっとわからないです」

「いや、いいんだ。少し訊いてみたかっただけだから」

「先生？」

どこか残念そうな表情が引っかかる。その顔に落胆《らくたん》させてしまったらしいことを知り、自己嫌悪《けんお》に陥《おちい》った。

先生は僕にどんな返答を期待していたのだろう？　どう答えていたら、先生を喜ばせることができたんだろう？　ない頭を捻《ひね》るけれど、考えれば考えるほどわからなくなっていく。

「そろそろ仕事を始めるか。このままのんびりしていたら、日が暮れてしまいそうだからな」

「は、はい」

「先に行ってる」

先生はおもむろに立ち上がると、一人で二階へと上がっていってしまう。

僕は急いで食器を流しへと片づけ、急いで先生のあとを追った。

書斎《しょさい》には少し掠《かす》れた低い声とキーボードを叩《たた》く乾《かわ》いた音が鳴り響《ひび》く。先生の唇《くちびる》によって紡《つむ》がれる物語は、中盤《ちゅうばん》に差しかかっていた。

婚礼《こんれい》目前、頑《かたく》なだった主人公・静華の心は春先に残された雪のように少しずつ融《と》かされてきていた。強引《ごういん》な手段で自分を奪《うば》おうとした岩城の孤独《こどく》を知り、憎《にく》しみが憐《あわ》れみへと変わる。

そうして、閉《と》ざしていた心を開いた静華は、垣間見《かいまみ》せられる不器用な優《やさ》しさに心が揺《ゆ》れ動くようになっていった。

『静華はあの日岩城が見せた表情を忘れることができなかった。傲慢《ごうまん》で不遜《ふそん》なだけだとばかり思っていた男が一瞬覗《いっしゅんのぞ》かせた不安定なそれは、既視《きし》感を伴《ともな》って脳裏《のうり》から離《はな》れなくなっていた。まさか、自分の放った言葉が誰《だれ》かを酷《ひど》く傷つけることがあるとは考えたこともなかった』

元の婚約《こんやく》者である征志郎を悪く云われた静華は、岩城に対し酷い言葉を投げつけた。それは使用人たちが云っている陰口《かげぐち》を思い出しての言葉だったが、それほどまでに岩城を傷つけることになるとは思ってもいなかった。

近づいてきたかと思えた二人の心は微妙《びみょう》な距離《きょり》で平行線を辿《たど》ったまま、婚礼の日が近づいていく。婚儀《こんぎ》を翌日に控《ひか》えたある日、岩城が手配した花嫁衣装《はなよめいしょう》が静華の家に届く。

「『包みを解かれ、静華の目の前に広げられた打ち掛《か》けは金糸の織り込まれた豪奢《ごうしゃ》な仕立てだった。思わず、その美しさに息を呑《の》む。傍《そば》に控えていた女中もため息を零《こぼ》すほどの出来映《できば》えで――』」

無心にキーボードを叩いていた僕は、先生の口にした花嫁衣装の描写《びょうしゃ》に手を止めた。

これって、今朝目にしたものと似ている……いや、あの打ち掛けそのものを描写しているような気がする。

わざわざ小説の中に出すということは、それだけあの着物に思い入れがあるってことなんじゃないだろうか？

いままであまり意識しなかったけれど、先生は何を考えてこんな話を書いているんだろう？

この静華という主人公に元婚約者を重ねているのだとしたら——。

「…………」

「どうした？　浅岡。手が止まってるようだが、追いついていないのか？」

「あっ、す…すみません。少し前からお願いできますか？」

先生が誰を想《おも》ってこの話を生み出していようが、僕には関係のないことだ。僕は必死に雑念を振《ふ》り払《はら》い、原稿《げんこう》を打ち込むことに集中する。

「わかった。『傍に控えていた女中もため息を零すほどの出来映えで——』」

そうして、届いたばかりの花嫁衣装を合わせている途中《とちゅう》、女中が席を外した。静華が一人になったところへ突然《とつぜん》、本来の婚約者である征志郎が現れる。出入りを禁じられている征志郎は、馴《な》染《じ》みの女中に手引きを頼《たの》み、静華に一目でも会えるよう取り計らってもらったのだ。

征志郎は静華に向かって、二人で逃《に》げようと訴《うった》える。しかし、静華は首を縦には振らなかった。父や父の抱《かか》える従業員を見捨てることもできないし、岩城の孤独を知ってしまったいま、彼を一人にはできないと思っていた。

——辛《つら》いよな……。

ずっと慕《した》っていた、結ばれるはずだった相手の手を取ることを拒《こば》んだときの主人公の気持ちを思うだけで胸が締《し》めつけられる。

その後、静華に拒まれた征志郎は態度を豹変《ひょうへん》させた。一度だけでいいから想いを遂《と》げさせてくれと迫《せま》られた静華は逃げようとするが、重苦しい花嫁衣装を身に着けていて思うようにいかない。

畳《たたみ》の上に組み敷《し》かれ、そうして、自分の心が征志郎に残っていないことに気づいてしまった。すでに自分が岩城に惹《ひ》かれているということに。

「『廊下《ろうか》を歩く足音が聞こえた静華は助けを呼んだ。「誰か！」そう叫《さけ》びながら、心の中で思い浮《う》かべるのは――』」

そこへ岩城が現れる。すんでのところで助かったけれど、静華が婚約者を引き入れたのだと誤解されてしまう。岩城は征志郎を力ずくで引き離し、屋敷《やしき》から叩き出すと、静華に向かって「まだ自分の立場がわからないのか」と責め立てる。

「『信じてもらえなかったということが、静華の胸を深く傷つけた。力なく項垂《うなだ》れ……』すまない、少し休憩《きゅうけい》だ」

「え？」

まだ小一時間と経《た》っていないのに、もう休憩に入るなんて珍《めずら》しい。調子のいいときは三時間くらい止まることがないというのに。

「この辺りの展開を少し悩《なや》んでるんだ。ちょっと考えさせてくれ」

「わかりました」

先生がはっきりと悩んでいると口にしたのは初めてだ。これまでは考える様子を見せても、すぐに次の文章が出てきていた。

先生はソファーにごろりと横になって天井《てんじょう》を見つめたまま、黙《だま》り込んでしまった。

休憩と云《い》われたけれど、考えごとの邪魔《じゃま》にならないよう物音を立てないように息を潜《ひそ》める。

「……なあ、お前が静華ならどうする？　理不尽《りふじん》に責められて、嘆《なげ》くと思うか？　それとも、怒《いか》りを感じるか？」

やがて、口を開いたかと思えば、僕に質問を投げかけてきた。

「そうですね…どっちかって云うと悲しいんじゃないかと思います」

身も心も明け渡《わた》す覚悟《かくご》で嫁《とつ》ぐことを決めたのに、信じてはもらえない。それが男の生《お》い立ち故《ゆえ》だとわかっているからこそ悲しみに暮れてしまうのではないだろうか？

「泣き出すくらいに？」

「いえ、彼女くらい勝ち気だったら、そんな顔は見せないんじゃないかな……。自分の気持ちは押し隠《かく》して――って、そんなこと僕に聞かないで下さい」

「別にいいだろう。参考にするだけだ」

「はあ……」

参考にされるだけでも気が引けてしまう。久慈嘉彦の作品の、こんな大事なシーンに意見するなんて畏《おそ》れ多い。それに僕なんかよりは、結婚を控えていた先生のほうが当事者の気持ちを理解できそうな気がするのだが。

思い出したくもないと思っていたとしたら、一年ぶりの作品にこんな題材を選びはしないだろう。もしかしたら、自らの経験をそれなりに作品に生かそうと、もしくは小説として昇華《しょうか》させようと思ったのかもしれない。

未練があるからこそ、小説のテーマに取り上げたのだとしたら理解できる。

つまり……先生は、まだその婚約者のことを好きなのだ。

「……っ」

――あれ……？

何で胸が痛むんだろう……。

別に、先生が誰を好きだって僕には関係ないことだ。僕の仕事は、この作品を打ち込むことと、先生の『資料』になるだけなんだから……。

やっぱり、思っていた以上に僕は作品の主人公に気持ちが引きずられているのか？

「浅岡？　何、難しい顔をしてるんだ？」

「いえ、その……一つ訊《き》いてもいいですか？」

「ん？」

「――どうして婚約が破談になったんですか？」

「何だ、いきなり」

僕の唐突《とうとつ》な質問に、先生は苦笑いを浮かべる。けれど、僕はあくまで真剣《しんけん》だった。

「先生はまだその人が好きなんですよね？　だから、こんな話を書いてるんですよね？」

一度口をついて出た疑念は止め処《ど》なく溢《あふ》れ出す。矢継《やつ》ぎ早《ばや》に問いかけると、先生は怪訝《けげん》な表情を浮かべた。

「何を云ってるんだ。別にあいつのことはどうとも思っていない」

「だったら、どうしてあんなものがあるんです？」

「あんなもの？」

「和室に、婚礼用の着物を残したままにしてるじゃないですか」

証拠《しょうこ》を突《つ》きつけるように告げると、先生は明らかに目を瞠《みは》った。わかっていたはずなのに、僕は先生のその反応に衝撃《しょうげき》を受ける。

やっぱり、僕の考えは正しかったんだ……。

先生の表情は、言葉よりも雄弁《ゆうべん》に真実を語ってくれた。

「お前、あれを見たのか」

「すみません……和室の掃除《そうじ》をしようと思ったんです」

そう告げると、先生はため息を一つ吐《つ》いた。

「あれは、あいつが持っていかなかっただけだ。処分に困って置きっぱなしにしているだけで、意味があるわけじゃない」

「でも……」

きっと処分しない理由は、他《ほか》にあるんだろう。じゃなかったら、この人ならさっさと捨てているような気がする。

捨てたいけれど、捨てられない。忘れたいけれど、忘れられない。そんな気持ちを素直《すなお》に認められなくて、先生はこの作品にぶつけているのかもしれない。

つまり『資料』としての僕の役割は――婚約者《こんやく》の身代わり……？

「…っ」

そこまで考えた途端《とたん》、また胸がズキンと痛む。

ダメだ……相当、気持ちは作品の主人公に引きずられているみたいだ。元々好きな作家の作品だから尚更《なおさら》なんだろうけど、こんなのちょっと異常だ。

このまま『資料』を続けているうちに、先生のことを本気で好きになってしまったりしたらどうすればいいんだろう……？

僕はそう考えて、怖《こわ》くなった。

――早く、この人から離《はな》れたほうがいいのかもしれない。じゃないと、とりかえしのつかないことになってしまいそうな気がする……。

「浅岡どうしたんだ？　調子でも悪いのか？」

黙り込んだ僕を心配して、先生が声をかけてきた。意地悪だし怖い人だけれど、こうして何かあるとちゃんと気遣《きづか》ってくれる。

だけどその優《やさ》しさも、いまは僕が『資料』として役に立っているからなのだろう。だったら尚更《なおさら》、傷つく前にちゃんと云おう。

そう僕は意を決して、口を開いた。

「違《ちが》います。あの、先生。僕もうそろそろ編集部に戻《もど》りたいんですが……」

「戻ればいいだろう？　半日くらい原稿《げんこう》が進まなくても困らない」

「いえ…そうじゃなくて。僕も編集部に色々と仕事を残してきてしまっているので、原稿も中《ちゅう》盤《ばん》を超《こ》えていますし、他の編集と代わらせていただきたいんです」

そう云った途端、先生は声音《こわね》を低くした。

「なぜ急にそんなことを云うんだ。……やはり、あの男に何か云われたのか？」

「え？」

驚《おどろ》いて顔を見ると、先生は出逢《であ》ったばかりのときと同じ不機嫌《ふきげん》で冷たい表情で僕を見ていた。

「そうなんだな。――とにかく代わりなど許さない。それに『資料』はお前にしかできないだろう」

「……っ」

その言葉は、思うよりも酷《ひど》く僕の心に突き刺《さ》さる。

『資料』でしかないことも、そのくらいしかきっと役に立ってないんだろうってこともわかってはいたけれど、改めて云われると傷つくものだと、僕はその言葉で実感することになった。

「……原稿は、いつ頃《ごろ》完成する予定なんですか？」

「そんなに早く終わらせたいのか」

「それは……」

終われば『資料』でいることも、先生の手伝いをすることもなくなって、また久慈嘉彦のただの一読者に戻れるのだ。

だったら、いますぐ終わらせて欲しい。

「――なら早く終わらせるためにも、協力してもらおうか……」

「え？」

そう云うと、何を思いついたのか、先生は僕の腕《うで》を摑《つか》んで一階の和室へと向かった。そうして、一番奥の部屋に置いてあるあの打ち掛《か》けの前に連れて行く。

先生はどんな眼差《まなざ》しでこの打ち掛けを見ているのだろう？　そう思うと、怖くて隣《となり》に顔を向けることができない。

「着物の着付けはできるか？」

「着付け…ですか？　実家の手伝いのときに着ることもありましたから、簡単にはできますけど……」

唐突な質問に眉《まゆ》を顰《ひそ》める。まさか、いま着付けを教えろなどと云《い》ってくるつもりなのだろうか？

「それなら、これを着てみろ」

「なっ…何云ってるんですか⁉」

突拍子《とっぴょうし》もない命令に、声が裏返ってしまった。

何の嫌《いや》がらせのつもりなんだ。こんな女物の、しかも婚礼用の衣装《いしょう》を着ろだなんて冗談《じょうだん》にもほどがある。

先生の想《おも》い人が袖《そで》を通すはずだったものを身に着けるなんて――そう思うと、胃の辺りがムカムカし、口の中が渇《かわ》いてくる。

「着物の脱《ぬ》がせ方がいまいちわからないんだ。図面で見るより、実際に着てもらったほうがわかりやすいからな」

「だからって……」

「早く原稿を終わらせて欲しいんだろう？　だったら協力しろ。それとも着れないのか？」

「男物なら着れますけど、女物はさすがに……」

幼い頃《ころ》、女の子が欲《ほ》しかった母親に着せられたことがあるけれど、自主的に着たことは当然ない。

「どうせ脱がすんだから、それなりに形になっていればいい。そこに一揃《ひとそろ》えあるから、それを使え」

「ですが――」

僕が戸惑《とまど》いを隠《かく》せずにいると、先生があの言葉を突きつけてきた。

「お前は俺の『資料』だろう?」

「……ッ!」

たった二文字の言葉が、思い上がるなと僕に釘《くぎ》を刺してくる。どんなに距離《きょり》を縮められたと思っても、それは僕の一方的な思い込みなのだ。所詮《しょせん》、僕は一介《いっかい》の新人編集者でしかない。

僕は手の震《ふる》えを、拳《こぶし》を握《にぎ》ることで押し隠した。

「……わかりました。着替《きが》えますから、少し席を外していて下さい」

ズキズキという心臓の痛みを堪《こら》え、毅然《きぜん》と告げる。そうして一人になった僕は、力なくため息をついた。

やると云ってしまった以上、もうあとには引けない。渋々《しぶしぶ》と僕は、打ち掛けの傍《そば》に置いてある衣装盆《ぼん》に載《の》っているものを確認《かくにん》した。

純白の掛下《かけした》に、深紅《しんく》の襦袢《じゅばん》。この辺りは裾《すそ》が足りないとは思うが、何とか着ることができるだろう。さすがに女物の足袋《たび》は足が入らないだろう。

「―――」

一度目を瞑《つぶ》って覚悟《かくご》を決めた僕は、躊躇《ためら》いを捨てるかのように着ている服を一気に脱いでいった。

久しぶりに聞く衣擦《きぬず》れの音を懐《なつ》かしく思いながら、襦袢に袖を通し、自分の体に合わせていく。体格のせいで、どうしてもしっくりこない気がしたけれど、打ち掛けを羽織ればそれなりにはなるだろう。

「…………」

先生はどういうつもりで、僕にこんなものを着せるんだろうか。

婚約者が着るはずだった、大事なもののはずなのに。

ずっしりとしたそれを身に着けてから、僕は重苦しい気持ちのまま隣の部屋で待っている先生を呼んだ。

「……できました」

「入るぞ」

襖《ふすま》を開けて入ってきた先生は、僕の姿を見た途端、微《かす》かに目を瞠《みは》った。

「予想以上に似合うな。肌《はだ》が白いから打ち掛けの色がよく映《は》えてる」

やや興奮気味に褒《ほ》められ、複雑な気分になる。

「こんなの褒められても、まったく嬉《うれ》しくありません」

口ではそっけなく答えたけれど、眇《すが》めるようにして見つめてくる久慈の視線にドキドキし、それと同時に切なくなってしまう。

花嫁《はなよめ》というものは、婚礼の日はどんな気分でいるものなのだろう。先生はこの衣装を着せた僕に、自分のもとを去っていった元婚約者《こんやく》を重ねて見ているのかもしれない。

何なんだ、この胸の痛みは。心臓が締《し》めつけられているみたいで息苦しい。

「……っ」

「浅岡？　帯が苦しいのか？」

「もう脱いでもいいですよね？」

「そんなに急《せ》くことはないだろう。もう少しくらい俺の目を楽しませてくれてもいいんじゃないのか？」

打ち掛けを脱ごうとした手を摑まれてしまった。しっかりと握られた手は熱く汗《あせ》ばんでくる。

「……こんなの、嫌なんです」

「何が嫌なんだ？」

「何って…こんな格好してること自体、嫌です」

自分でも、この息苦しさのはっきりした理由がわからない。だけど、とにかく一刻も早く着ているものを脱ぎ捨ててしまいたかった。

「仕方ないな…。なら、脱がせてやる」

背後から抱《だ》きしめられ、ドクンと心臓が大きく跳《は》ねた。

「じ、自分でできます…っ」

「それじゃ意味がないだろう。『資料』にならないじゃないか」

「……っ」

耳元で囁《ささや》かれ、鼓膜《こまく》に吐息《といき》が触《ふ》れる。身動きが取れないほど強く掻《か》き抱《いだ》かれて、僕は心臓が止まりそうになった。

唇《くちびる》が耳の後ろに押し当てられ、その感触《かんしょく》にゾクリと背筋がわななないた。

「で…でも、帯も一応しっかり結んでありますし、そう簡単には……」

「別に全部脱がなくたって、問題はないだろう?」

「なっ――」

着物の上から下肢《かし》を撫《な》で回され、息を呑《の》む。明確な目的を持った動きに、僕は体を竦《すく》ませた。

「ちょっ、脱がせるだけじゃなかったんですか!?」

「それじゃあ意味がない」

「そんな……ん、んん…っ」

顎《あご》を掴まれ、横を向かされたかと思うとすぐに唇が塞《ふさ》がれた。無理矢理《むりやり》歯列を割られ、舌を捩込《ねじこ》まれ……そんな乱暴な口づけに目が眩《くら》む。

着物の上から体を撫で回される感触に、細胞《さいぼう》が少しずつさざめいていく。先生の腕から逃《のが》れようと踠《もが》くけれど、思うようにはいかない。

「やっ……ダメ、んぅっ……」

執拗《しつよう》な口づけに僕の体は簡単に蕩《とろ》け、一人で立っているのも辛《つら》くなる。絡《から》め取られた舌を吸い上げられた瞬間《しゅんかん》、ガクガクと震えていた膝《ひざ》がカクリと折れた。

「あ…っ」

「腰《こし》が抜《ぬ》けたか？　そのまま、大人しくしてろ」

先生は力が入らなくなった僕の体を畳《たたみ》の上に下ろし、着物の裾を乱していく。純白の生地《きじ》を捲《めく》られると、鮮《あざ》やかな襦袢の赤が目に飛び込んできた。

「待っ…先生、やめて下さい…！」

慌《あわ》てて裾をかき合わせるけれど、その合わせ目から手を差し込まれ、素足《すあし》をするりと撫でられる。

「下着は着けてないのか？」

「あ…！」

すっかり忘れていたけれど、襦袢を羽織ったときに浮《う》いて見えるラインが気になって脱いでおいたんだった。

投げ出すようにしていた両足も閉じようとしたけれど、それより早く膝を間に押し込まれてしまう。

「気を利《き》かせてくれたようだな」

からかうように告げられ、かあっと頬《ほお》が熱くなる。

「ちがっ、そんなつもりじゃ……っん！」

太腿《ふともも》を撫で回していた手が徐々《じょじょ》に上のほうへと上がってきた。足のつけ根の際《きわ》どい場所をなぞられ、思わず下腹部に力が入る。

ぞくぞくと這《は》い上がる快感に流されそうになるのを、歯を食《く》い縛《しば》って耐《た》えた。

結局、僕はその場限りの相手、ただの『資料』でしかないのだと思うと瞳《ひとみ》の奥が熱くなってくる。この気持ちが報われることなど決してないのに、体だけ重ねても虚《むな》しさが募《つの》るばかりだ。

「馨」

「…ッ!!」

こんなときに名前を呼ぶなんて酷《ひど》い。向けられた欲望が、自分へのものだと錯覚《さっかく》してしまいそうになる。でも、先生は僕を見てるわけじゃない。

僕がどんなに好きになったとしても、その想《おも》いはどこまでも一方通行でしかないのだ。

「あ…っ、や……」

肩口《かたぐち》に顔を埋められ、顎のラインを髪《かみ》がくすぐる。ねっとりと舐《な》め上げられた首筋は甘く震え、腰の奥の疼《うず》きを酷くした。

触《さわ》られてもキスをされても平気だったのは、初めから惹《ひ》かれていたからかもしれない。

頭で気づくより早く、この体は自分の想いを知っていたのかもしれない。

こんなの嫌《いや》だ。好きなのに——好きになってしまったのに、こんなふうに誰《だれ》かの身代わりみたいに扱《あつか》われるのはもうたくさんだ…!!

そう思った次の瞬間、僕は渾身《こんしん》の力で先生の体を突《つ》き飛ばしていた。

「つ……っ⁉」

のしかかっていた体の重みから逃れられた僕は、畳の上を後退《あとずさ》るようにして距離《きょり》を取る。

乱れた裾《すそ》を直しながら震《ふる》える唇を噛《か》みしめると、何故《なぜ》か塩辛《しおから》い味がした。おずおずと頬に触れてみると、そこには熱いものが伝っていた。

「……あ……」

「浅岡……」

涙《なみだ》は次から次へと溢《あふ》れ出してくる。泣いている僕を見て、先生も呆然《ぼうぜん》とした表情を浮かべていた。

「——そんなに嫌か」

「……っ」

ギクリと体を強張《こわば》らせると、先生は静かにため息をついた。

怒《おこ》らせてしまっただろうか……？

けれど、僕は告げるべき言葉を見つけられず、伝い落ちる涙も止められず、ただ縋《すが》るような視線を向けることしかできなかった。

「……すまなかったな。俺も少し度がすぎた」

「——」

先生の言葉に、ますます胸が痛む。謝られても、みじめさが増すだけだ。

先生にとって、僕はただの気まぐれの相手でしかなかったのだ。『資料』だと云《い》えば大人しく云うことを聞く、都合のいい人間。

そんなこと、初めからわかってたことじゃないか。気落ちする原因などどこにもない。

そう自分に云い聞かせるけれど、ずしりとのしかかる落胆《らくたん》の思いにため息すら出なかった。

止まらない涙を拭《ぬぐ》いながら小さくしゃくり上げていると、先生はすっと立ち上がり僕に背中を向ける。

「お前はもう編集部に戻《もど》っていい」

「え…？」

突然《とつぜん》のことに、何を云われたのかすぐに理解できなかった。

「ここにいる必要はないと云っているんだ」

「で、でも、原稿《げんこう》は……」

「あとのことは気にするな。原稿もちゃんと終わらせる。時間はかかるかもしれないが、残りは俺だけでもどうにかなるだろう。荻野さんには、俺から上手《うま》く説明しておく」

「先…生……」

「世話になったな」

先生は背中越《ご》しにそう告げると、僕を残したまま和室をあとにした。

そうして訪《おとず》れた静寂《せいじゃく》は、僕の体を冷たく包む。引き裂《さ》かれるような胸の痛みは、息苦しさ

え感じさせる。

体の奥に残る熱の残滓《ざんし》はいつまで経《た》っても消えることがなく、一人残された僕を苛《さいな》み続けた。

気力の湧《わ》かない体で着替《きが》えをすませた僕は、個室として貸し与《あた》えられている客間で少ない荷物をまとめる。帰り仕度《じたく》はあっという間に終わり、部屋は元の通り何もない状態になった。

ここでの生活もこれで終わり。こんなふうに後味悪く終わるなんて、考えもしなかった。

「何で、好きになっちゃったんだろ……」

ごろりと畳に横たわり、天井《てんじょう》の木目を仰《あお》ぎ見ながら一人自問自答してみるが、答えなど出てこない。

先生のことは作家としては尊敬してるし、作品も大好きだ。彼のファンである気持ちは、ここに来る前といまでは少しも変わっていない。

変化してしまったのは、生身の久慈嘉彦への気持ちだ。

初めはろくでもない人間だと思っていたはずなのに、いったいいつの間に好感へと変わっていたのだろう？　とんでもない要求を押しつけてきたり、セクハラまがいのことをしてきたり、散々困らせられたというのに。

この想いが錯覚ならいいのに。ただの気の迷いだったらよかったのに。

だけど、確かにこの胸が痛い。あの人のことを考えると、切なさに心臓が狂《くる》おしいほどに締《し》めつけられる。

閉じた目蓋《まぶた》の上に手の甲《こう》を載《の》せると、泣いたせいで腫《は》れているらしく、少しヒリつくように痛んだ。多分、みっともない顔をしてるに違《ちが》いない。

「どうしよう……どうしたらいいんだろう……」

戻っていい——そう云われてしまったからには、もうここにはいられない。

だけど、本当に一度引き受けた仕事を途中《とちゅう》で放《ほう》り出していいのか？

何とかすると云っていたけれど、先生の手は快方に向かっているとは云え、まだ完治はしていない。生活するぶんには問題がなくてもキーボードを叩《たた》けば手首に負担になるだろう。

もしかしたら、中途半端《ちゅうとはんぱ》な状態で酷使《こくし》することによって、後遺症《こういしょう》のようなものが出てしまうこともあるかもしれない。

食事の世話をしていたお手伝いさんも、一月は休みにしたと云っていたから、すぐには手配できないだろう。コーヒーしか淹《い》れられない人が一人で、どうやって生活していくんだ？

やはり、誰かしらのサポートが必要不可欠だろう。もう、僕はここにいることができないけれど、誰かが来てくれれば……。

「——誰か……？」

そうか……。

怪我《けが》をさせてしまった責任を取って派遣《はけん》されたけれど、別に先生の手伝いをするのは僕でなくてもいいはずだ。

とにかく、編集部に電話して荻野さんに相談してみよう。ウチの編集部には僕より有能な人がたくさんいる。先生だって、そのほうが仕事をやりやすいに違いない。

僕は携帯《けいたい》電話を取り出し、登録してある編集部のナンバーに電話をかけた。

「あれ…？」

コール音は鳴り続けるばかりで、誰も電話に出てくれない。この時間なら、誰かしらが編集部内にいるはずなのに。

首を傾《かし》げていた僕は、ふとその理由に思い至った。

先生の家に来てから、すっかり曜日の感覚がなくなっていたけれど、今日は日曜日じゃないか。それじゃいくら電話したって誰も出ないよな。

「困ったな……」

荻野さんのナンバーは登録してないし、森さんはメールアドレスしか知らない。会社の女の子たちのナンバーは山ほど持ってるけれど、いま相談すべき相手じゃない。

「あ」

しばらく悩《なや》んでいた僕は、ここに来る前に北沢さんに云われた言葉を思い出した。何かあったら電話をかけてこいと云って携帯のナンバーを教えてくれたし、この間だってわざわざ様子を見にきてくれたくらいだ。

第一印象が悪かったのか、先生はあまり快く思っていない様子だったけれど、ちゃんと話をすれば物腰《ものごし》の柔《やわ》らかな北沢さんならすぐに馴染《なじ》むだろう。

それに、僕がここに来る前、役目を代わってもいいというようなことも云っていたから、きっと力になってくれるに違いない。

「……よし」

液晶《えきしょう》画面に北沢さんのナンバーを呼び出し、祈《いの》るような気持ちで通話ボタンを押すと、数コールで回線が繋《つな》がった。

『――はい、北沢です』

「も…もしもし…？　あの、浅岡ですけど、いま大丈夫《だいじょうぶ》ですか？」

『ああ、家にいるから平気だ。どうした？　何か相談ごとでもできたのか？』

気さくな答えにほっとする。しかし、いまは気を緩《ゆる》ませている場合じゃない。僕はその場に正座し、居住まいを正した。

「……はい。実は、北沢さんにお願いしたいことがあるんです」

『何かあったのか？』

僕の申し出に、北沢さんは怪訝《けげん》そうに訊《たず》ねてきた。何から伝えるべきかと悩みながら、言葉を選ぶ。

「ええと、その……僕、クビになっちゃって……」

『クビ⁉ 久慈先生にそう云われたのか⁉』

「もう編集部に戻っていいって云われました」

自ら口にすると、その事実を改めて実感する。電話の向こうの北沢さんも、驚《おどろ》きに言葉をなくしていた。

「それで、相談したいことがあるんです。電話じゃ上手く説明できそうにないので、直接会って話したいんですけどお時間いただけませんか？」

『そのことは荻野さんには云ったのか？』

「まだなんです。携帯番号知らなくて、連絡《れんらく》の取りようがなくて……」

『わかった、詳《くわ》しいことは会ってから聞こう。どこかゆっくり話せるところ……そうだな、俺の家はどうだ？』

「え？ あ、はい。ご迷惑《めいわく》じゃなければ……」

北沢さんの提案に僕は少し驚きつつも、ありがたかった。喫茶《きっさ》店などの飲食店では他の客がいて落ち着かないし、かといって会社の会議室が今日使えるかわからない。

『じゃあ、近くまで迎《むか》えに行ってやる』

「そこまでしていただかなくてもいいです！ タクシーで行きますから」

『すぐそこだから気にするな。そのへんは路地が細くて入りにくいから、大通りまで出てきてもらえるか？　角にコンビニがあったよな？　二十分後にその前で待っていてくれ』

「わ、わかりました。すみませんが、よろしくお願いします」

思わず電話の向こうに頭を下げる。縋《すが》るような気持ちで電話したけれど、ここまで親身になってくれるとは思っていなかった。

通話を切った僕は、コートを羽織り、まとめた荷物を手に玄関《げんかん》へと向かう。途中、二階に上がる階段の前で足が止まった。

……一言くらい、挨拶《あいさつ》して行くべきだろうか？

だけど、いまの僕には先生に合わせる顔がない。もしも、さっさと出て行けなどと云《い》われたら、今度こそ立ち直れなくなってしまいそうだ。

結局、僕は色々と考えた末に置き手紙を残していくことにした。

「手紙なら、先生も煩《わずら》わしくはないよな」

手帳の紙を一枚破り、これまでの礼と仕事を放り出していくことへの謝辞を書く。それと、自分のあとのことは北沢さんに頼《たの》みに行くから心配ないということも書き加えておいた。

それを居間の机の上に置き、先生の家をそっとあとにした。

「わ、もうこんな時間だ」

何気なく腕時計《うでどけい》を見た僕は、長針の指し示す時間に驚きの声を上げる。

置き手紙の内容に頭を捻《ひね》っていたせいで、北沢さんとの約束の時間まであとちょっとしかなくなっていた。

待ち合わせのコンビニエンスストアまで走ると、北沢さんはもうそこに来ており、車にもたれかかるようにして煙草《たばこ》を吸っていた。

「すみません、遅《おそ》くなって……！」

「俺が早く着きすぎただけだ。お前の都合も聞かずに待ち合わせを決めて悪かったな」

「いえ、荷物はもうまとめてあったんで大丈夫です」

「本当に出てきたのか？」

北沢さんの問いかけに、僕は苦笑いを返す。

「はい」

「そうか……。とりあえず乗れ。話は家に着いてからにしよう」

促《うなが》されるままに助手席に乗り込む。空調で暖められた乾《かわ》いた空気と煙草の匂《にお》いの染《し》みついた車内は僕に、微《かす》かに本の匂いがするあの暖かな書斎《しょさい》を懐《なつ》かしく思い出させた。

北沢さんの家は、車で二十分ほど走ったところにあった。高層マンションの中の一室で、廊《ろう》下《か》から見下ろす景色は高いところが苦手な僕には目眩《めまい》のするようなものだった。

「お邪魔《じゃま》します……」

「荷物とコートはその辺に置いてくれ。ちょっと散らかっているが気にするなよ」

そう云って案内された室内はモノトーンで統一され、モデルルームのように整然としており、散らかっていると云えるものはソファーの上の雑誌類くらいのものだった。

機能よりデザインを重視した本棚《ほんだな》には、何冊かの単行本が並べられている。よく見るとそれはどれも、北沢さんの担当したものだった。

何て云うか、几帳面《きちょうめん》な北沢さんの性格がよく表れてる部屋だよな……。

いまにして思うと、久慈先生の家も先生の性格がよく出ていた気がする。おおざっぱだけど、愛着を持ったものは大事にする。自分勝手で不器用だけど本当は優《やさ》しいところもある、そんな先生そのものだった。

「座っていてくれ。コーヒーでいいよな?」

「そんな、気を遣《つか》わないで下さい」

「俺が飲みたいんだよ」

勧《すす》められたソファーに腰《こし》を下ろしたけれど、何となく落ち着かない。

そわそわとしていると、コーヒーを載《の》せたトレーを手に北沢さんが戻《もど》ってきた。

「お待たせ」

「ありがとうございます……」

「さて、肝心《かんじん》の相談を聞こうか」

北沢さんも横の一人がけのソファーに腰を下ろし、鷹揚《おうよう》な仕草でコーヒーカップを口元に運ぶ。けれどいまの僕には、コーヒーを味わおうという心の余裕《よゆう》が持てなかった。

「迷惑をかけてすみません」

「気にするな、いつものことだろう。それで、何があったんだ？」

「……僕が悪いんです」

「悪いって云ったって、その理由を話してもらわなくちゃこっちも判断のしようがないだろう」

焦《あせ》りが募《つの》るばかりで何から伝えていいのかわからない。先生のところであったことの全《すべ》てを話すわけにもいかず、僕は答えに窮《きゅう》してしまった。

「それは……僕が先生の気に障《さわ》るようなことをしてしまって……」

「で、もう帰れって云われたのか」

「……はい」

「まあ、久慈先生が相手なら荻野さんだって怒《おこ》りはしないんじゃないのか？　お前だって行きたくなさそうにしてたんだから、よかったと思っておけばいいだろう」

北沢さんは慰《なぐさ》めの言葉をくれるけれど、そんなふうに都合のいい解釈《かいしゃく》はできそうにない。自分の尻拭《しりぬぐ》いもまともにできないのかと叱責《しっせき》されたほうがまだマシだ。

「でも、まだ先生の手は治ってないんです。生活するぶんには平気でも、原稿《げんこう》なんてまだ無理ですよ！　僕はもうお手伝いできませんけど、先生にはまだサポートが必要なんです!!」

「少し落ち着け。お前の云いたいことはだいたいわかった。問題の原稿のほうはどうなんだ？　いま、どのくらいできてる？」

「プロットを起こしてらっしゃらないんではっきりとはわかりませんが、半分から三分の二といったところかと……」

「けっこう残ってるな。それだと、お前の云うようにサポートにつく人間が必要だな」

北沢さんの思案する様子に、僕は思いきって切り出した。

「あの、僕の代わりに先生のところへ行ってもらえませんか…？」

「俺に？」

「すみません、無理を承知でお願いしてます。だけど、北沢さんなら僕以上に先生の手助けをできると思うんです」

編集者としても優秀《ゆうしゅう》だし、人当たりもいい。以前、料理もできると云っていたから、そういった点でも適任だと思うのだ。

「俺としては喜んで引き受けたいところだが、俺たちだけで勝手に決めていい問題じゃないだろう？　久慈先生の正式な担当は荻野さんだからな」

「あ……」

「忘れてるかもしれないが、お前は今回限りのサポートなんだぞ。裁量権があるわけじゃない」

「そう…ですよね……」

先生のために一刻も早くサポートできる人を探さなければと焦っていたけれど、僕が一人奔《ほん》走《そう》してどうにかなることじゃない。

そんな大事なことを人に云われて気づくなんて、バカみたいだ。

僕が悄然《しょうぜん》としていると、北沢さんはわざとらしいほど大きなため息をつき、ソファーの背にどさりと体を投げ出した。

「こんなことなら、初めから俺が行っておけばよかったな」

「……っ」

云い捨てられた言葉に、ガンと頭を殴《なぐ》られたようなショックを受ける。

「お前みたいな半人前を久慈先生のところに行かせたこと自体、間違《まちが》ってたんだよ。だから、こうやって中途半端《ちゅうとはんぱ》なところで放《ほう》り出すことになったんじゃないのか？　荻野さんも八方塞《はっぽうふさ》がりだったからって考えなしにもほどがあるよな」

あまりの云《い》いように声を詰《つ》まらせる。いつも通りの柔《やわ》らかな声音《こわね》が、僕をさらに傷つけた。

酷《ひど》いとは思っても、僕には反論できる資格もない。北沢さんの云っていることは、全て正論だ。きっと、誰《だれ》しもがそう思っていることだろう。

だけど、僕は僕なりに頑張《がんば》ってきた。慰めて欲しいわけではないけれど、やってきたこと全てを否定されるのは辛《つら》い。僕は震《ふる》える唇《くちびる》を噛《か》みしめて、悔《くや》しさを堪《こら》えた。

「だいたい、どんなことをして久慈先生を怒らせたんだ？」

「それは――」

云い澱《よど》んだ僕に、北沢さんは唇の端《はし》を引き上げて皮肉っぽく云ってくる。

「まさか、手を出されたんじゃないだろうな？」

「……っ!!」

いきなり核心《かくしん》を突《つ》かれ、僕は動揺《どうよう》を隠《かく》しきれなかった。どうにか取り繕《つくろ》わなくてはと思うけれど、上手《うま》い云い訳が見つからない。

うろうろと視線を泳がせる僕に、北沢さんは呆《あき》れた様子だった。

「おい、本気か？」

「いえ、それはその…っ、なっ!?」

いきなり伸《の》びてきた手にシャツの襟《えり》を引っ張られた。反射的に振《ふ》り払《はら》ったけれど、隠れていた首筋はしっかりと見られてしまったようだ。

「ふぅん、だいぶ可愛《かわい》がられたみたいだな。派手《はで》なキスマークがついてるぞ。その綺麗《きれい》な顔で久慈先生をたらし込んだってわけか」

「たらし……僕はそんなこと…っ」

鼻で笑われ、怒りと羞恥《しゅうち》に頭の中が真っ白になる。

「してないって云えるのか？　じゃあ、厄介払《やっかいばら》いの理由は何なんだ？　飽《あ》きられたのか？　それとも、男に抱《だ》かれることが耐《た》えられなくなって逃《に》げ出してきたのか？」

「――――」

頭が上手く働かない。

北沢さんはいったい何を云ってるんだ？

「お前が指名されるなんて、初めからおかしいと思ってたんだよな。ま、荻野さんもお前の顔をだしにしようと思って連れてったんだから、作戦勝ちってとこか。だいたい、ろくに仕事もできないくせに担当持つなんて生意気なんだよ。お前は俺の下で雑用してれば充分《じゅうぶん》だろう」

悪《あ》し様な言葉に目の前が暗くなる。北沢さんがまさか、こんなふうに僕のことを思っていたなんて……。

「久慈先生のところには俺が行ってやるよ。あの久慈嘉彦の原稿を取ってきたってことになれば箔《はく》がつくからな」

「そんな理由で……」

ネームバリューだけが目的だなんて、先生が一番嫌《いや》がることだ。先生のことを、先生の作品をそんなふうにしか見られない人に手伝いなんかさせたくない。

「他に何かあるか？——ああ、そうだ。せっかくだから、売れっ子官能小説家を落とした体を見せてもらおうか。今後の参考になるかもしれないしな」

「なっ…!?」

ドン、と体を突き飛ばされ、ソファーに倒《たお》れ込む。起き上がろうとしたけれど、肩《かた》を摑《つか》んで押さえ込まれ、身動きが取れなくなった。

「何するんですか!?」

「久慈先生じゃないが、こんだけ綺麗な顔がついてりゃイけなくもないな」

「き、北沢さん…？」

ぐっと顎《あご》を摑んで持ち上げられ、食い込む指の感触《かんしょく》に鳥肌《とりはだ》が立つ。

「お前の尻拭いをしてやるんだ。このくらい、安いもんだろ？」

「やめ…っ、放して下さい…！」

拒《こば》もうとした手を頭上で一纏《ひとまと》めにされ、縫《ぬ》い止められた。じたばたと足搔《あが》いていた足も膝《ひざ》で押さえつけられ、抵抗《ていこう》を全て封《ふう》じられる。

僕は嫌悪《けんお》感からくる吐《は》き気と闘《たたか》いながら、渾身《こんしん》の力で踠《もが》いた。けれど、組み敷《し》かれた体勢は圧倒《あっとう》的不利で、セーターを中に着ていたシャツごと捲《まく》り上げられてしまった。

「これも久慈先生につけられたのか？」

「……っ！　触《さわ》るな!!」

脇腹《わきばら》に残された印に触《ふ》れられ、不快感に血の気が引いていく。

「そんな口がまだ聞けるとはな」

無理矢理《むりやり》セーターを頭から引き抜《ぬ》かれたかと思うと、両腕《うで》を絡《から》みつくそれで拘束《こうそく》された。シャツの合わせを力ずくに引っ張られ、ボタンがいくつか飛んでいった。

「放せ…っ！　やっ……」

引き抜かれたベルトをソファーの下に落とされ、ジーンズのホックを外される。ファスナーに手をかけられた瞬間《しゅんかん》、張り詰めた空気の中、場違いな音楽が流れた。

どうやら携帯《けいたい》電話の着信音であるらしきそれは、いつまでも途切《とぎ》れることなく鳴り続けている。

「ちっ」

北沢さんは舌打ちをすると、テーブルの上に置いてあった携帯電話に手を伸ばした。そして、液晶《えきしょう》画面を確認《かくにん》すると、僕の口を手で押さえながら涼《すず》しい顔で電話に出る。

「はい、北沢です。どうしたんですか？　荻野さんが俺に電話だなんて珍《めずら》しいですね」

――荻野さん!?

いまがチャンスかもしれない。僕がここにいることに気づいてくれれば、北沢さんも思い直すかもしれないし。そう思って押さえられた口で必死に助けを求めるけれど、思うようには発声できない。

「んー！　んー!!」

「え？　ああ、いま人から猫《ねこ》を預かってて。それが餌《えさ》を催促《さいそく》してるんですよ」

「んんー、んー！」

誰が猫だと文句を云いたかったけれど、それも叶《かな》わず、酸欠で頭がくらくらしてくる。

「浅岡がいなくなった？　俺のところに行くって書いてあったんですか？　おかしいな、何の連絡《れんらく》も来てませんよ」

「……っ!!」

「はい、こっちに連絡が来たらすぐに電話します。まったく……久慈先生に心配かけるなんて、とんでもないですね」

「!?」

僕は北沢さんの会話の端々《はしばし》から知る事実に驚《おどろ》きを隠せなかった。

本当に先生が僕の行方《ゆくえ》を捜《さが》してるのか？

まさか、先生が僕のことを捜すなんてことありえない。僕はもう先生にとって必要のない人間なんだ。心配だってする必要なんてないはずなのに……。

「ええ、はい。そうですね――」

あれ？　少し力が緩《ゆる》んだ？

僕が抵抗をやめたから、電話のほうに意識が向いているのかもしれない。逃げるなら、いまがチャンスだ。

僕は思いきり体を捩《よじ》り、北沢さんに体当たりを食《く》らわせた。

「……っ！」

「うわっ」

自由になった体でソファーから転がり落ちるようにして逃《のが》れ、縺《もつ》れそうになる足で必死に玄《げん》関《かん》を目指す。途中《とちゅう》、腕からセーターを振り落とし、ドアに手を伸ばした。

「何逃げてんだよ！」

「つ…っ!!」

けれど、施錠《せじよう》を解いたところで髪《かみ》を摑まれ、引き戻《もど》されてしまった。玄関のタイルに尻餅《しりもち》をつき、上がり框《かまち》に背中を強《したた》か打ちつける。

——先生…っ!!

もうダメかと思いかけたそのとき、何故《なぜ》かドアが外から開かれた。

「馨!?」

「うそ……」

僕はドアの向こうに立っていた人の姿に目を瞠《みは》る。

これは何かの夢だろうか？　それとも、願望が見せた幻《まぼろし》？

「せ…先生…？」

「何で……ここに……」

北沢さんも呆然《ぼうぜん》と呟《つぶや》きを零《こぼ》す。僕たちの間には時が止まってしまったかのように、張り詰《つ》めた空気が流れた。

僕と目が合ったあと、先生は視線を上のほうへとずらしていく。そして、ある一点で止まった瞬間、瞳《ひとみ》が怒《いか》りの色に染まった。

「貴様……ッ!!」

先生は声を荒《あら》らげたかと思うと、北沢さんに殴《なぐ》りかかった。

「ぐぁっ」

北沢さんはそのまま後ろへ倒れ込み、摑まれたままだった僕の髪から手が外れる。

「先生っ!?」

「こいつに何をした……？」

先生は廊下《ろうか》に倒れ込んだ北沢さんの襟首《えりくび》を摑み、唸《うな》るような声音《こわね》で詰め寄った。

「何って、先生を怒《おこ》らせるようなことをしたって云《い》うから、ちょっとお仕置きをしてただけですよ。何、血相変えてるんですか？」

「……っ!!」

北沢さんの答えに、先生は再度拳《こぶし》を握《にぎ》りしめる。振《ふ》り上げられた手に包帯が巻いてあることに気づいた僕は、咄嗟《とっさ》に先生の背中にしがみついた。

「ダメです……っ」

「馨!?」

「そんなことしたら、先生の手がまた――」

僕を振り解《ほど》こうとする先生を渾身の力で押さえ込む。

せっかく治りかけてきた手首の状態が悪化してしまう。先生の手は人を殴るためのものじゃない、小説を生み出すためのものなのだ。

「俺の手なんかどうでもいい！　いいから放せ!!」

「どうでもよくなんかありません!!」

「だが、こいつはお前を……っ」

「僕は平気です！　何もされてませんから…！」

「――本当か？」

「服を、脱《ぬ》がされただけです」

少し触られたけれど、それ以上のことはまだされていない。先生が僕を捜してくれたから、ギリギリのところで助かったのだ。

だから、自分の手を粗末《そまつ》に扱《あつか》うのはやめて欲しい。そんな気持ちを込《こ》めて回した腕を強めると、先生の体から少しだけ力が抜けた。

そんな僕たちのやり取りに、北沢さんが鼻を鳴らした。

「……はっ、安っぽい感動シーンってとこか？　よくたらし込んだもんだな、浅岡」

「北沢さん……」

「何が云いたいんだ？」

北沢さんの嘲《あざけ》るような口調に、先生の声にまた怒《いか》りが籠《こ》もる。だけど、北沢さんはそれに気づくことなく、持論を展開させた。

「だってそうでしょう。先生だって、こいつの顔が気に入ったから指名したんでしょう？　それか体ですか？」

「黙《だま》れ」

「そうじゃなきゃ、こんな役にも立たない新人いても邪魔《じゃま》になるだけじゃないですか。先生もしっかり手も出してるみたいだし——」

「黙れと云ってる！」

一喝《いっかつ》と共にガンッと鈍《にぶ》い音が聞こえ、ぎょっとする。見ると、先生が左手ですぐ脇《わき》の壁《かべ》を殴りつけていた。

先生の体から立ち上る怒りの空気に気づいたらしく、北沢さんもようやく黙り込む。

「お前みたいなやつにこいつを侮辱《ぶじょく》する資格はない！　たとえ未熟だとしても、人の足を引っ張って仕事を取ろうとする人間よりはずっといい」

「せ、先生……」

「いいか？　この次はないと思え」

凄《すご》みを利《き》かせた念押しに、北沢さんは青ざめた表情で頷《うなず》いた。

先生は僕の腕をやんわりと解くと、静かに立ち上がった。そして、へたり込んでいた僕の腕を摑《つか》んで立たせてくれる。

「大丈夫《だいじょうぶ》か？」

「あ…はい……」

打ちつけた背中が少し痛むが、先生が助けに来てくれたことを思えば何てことない。北沢さんにされたことへのショックは大きいけれど、最悪のケースは先生のお陰《かげ》で免《まぬが》れた。

一刻も早くこの場を去ってしまいたい。足下《あしもと》に落ちていたセーターを拾い上げた僕は、玄関のドアが僅《わず》かに開いたままになっていたことに気がついた。

「な…何があったの…？」

「わ、荻野さん！」

僕は慌《あわ》てて先生から離《はな》れると、乱された服装を直す。だけど、すでに間に合わなかったようで、荻野さんは顔色を変えていた。

「浅岡くん――」

さすがに女の人には、こんなみっともないところを見られたくなかった。僕の気持ちを察してくれたのか、先生は僕を庇《かば》うようにして肩《かた》にコートをかけ、僕の代わりに答えてくれる。

「幸い未遂《みすい》のようですから法的に大した責任も負わないでしょう。浅岡のプライバシーにも関《かか》わることですから、警察沙汰《ざた》にはしません。ただ、そちらではそれなりの対応をお願いしたいですね」

「え？　あ、あの、久慈先生……っ⁉」

淡々《たんたん》と告げられた内容に、荻野さんは目を白黒させる。状況《じょうきょう》を認識《にんしき》していても、頭がついていっていないのだろう。

「浅岡を借ります。詳《くわ》しい話は後ほどさせていただきますので、今日は失礼します。——行くぞ」

先生は玄関に置いてあった僕の荷物を拾うと、後ろを振り返ることなく北沢さんの部屋をあとにする。

「せ、先生……っ！」

ぐいぐいと引っ張って行かれ、僕は荻野さんに一言も声をかける間もなくエレベーターに押し込まれてしまった。

「前言撤回《てっかい》だ」

「は？」

「お前は編集部には戻《もど》さん。俺の目の届くところに置いておく」

「それ、どういう……」

訊《たず》ねようとした途端《とたん》、エレベーターが途中《とちゅう》の階で止まり、マンションの住人が乗り込んできてしまった。

僕たちはそれきり会話をするタイミングが摑めず、黙り込む。

マンションの前に乱暴に停《と》められた車に押し込まれたあとも沈黙《ちんもく》が続き、先生の家に辿《たど》り着くまで一言も交《か》わすことがなかった。


「あ、あのう……」

僕は先生の家の玄関《げんかん》に入ったところで、思いきって声をかけた。だが、それから先が続かず、やはり気まずい沈黙が下りてくる。

いったい、先生は何を思って僕をここに連れ帰ってきたのだろう？　僕を捜《さが》していたという理由もよくわからない。

それに、さっきの言葉はどういう意味なのか——。

「馨」

「は、はいっ」

「お前が嫌《いや》なら二度と触《ふ》れない。口も利きたくないと云《い》うなら、それでもいい。だから、ずっここにいろ」

「どういうことですか…？」

「言葉通りの意味だ。あんな男のいる編集部になんか戻せるか！」

「……っ！」

苛立《いらだ》ちを隠《かく》しきれない様子で云い放たれた言葉に、僕は瞠目《どうもく》した。

どうして、先生はそこまで僕のことを気にかけるんだ？　北沢さんのことをよく思ってなかったからとは云え、それだけで説明がつくとも思えない。

「いいか、わかったな？」

「……わかりません」

「わからないって、さっき自分が何をされたかくらい覚えてるだろう？」

責めるような口調で云われ、僕は反射的に声を荒《あら》らげた。

「わからないのは先生のことです！　どうして、そんなふうに云うんですか？　僕はただの編集で、先生にとっては都合のいい『資料』でしかないのに！」

「…お前……」

「僕に、期待、させないで下さい…っ」

ずっと秘《ひ》めていた想《おも》いを口にすると、少しだけ気持ちが軽くなった。どうせ叶《かな》うことのない想いだけれど、押し込めておくには大きくなりすぎていたから。

「ちょっと待て。俺のことを嫌《きら》ってるんじゃないのか？　だから、俺を拒《こば》んだんだろう？」

「違《ちが》います!!」

「違う？　だったら、どうして……」

「……自分の気持ちに気づいたから……『資料』として、誰《だれ》かの身代わりとして扱われることが耐《た》えられなくなったんです」

初めは戸惑《とまど》うばかりだった。男が苦手な僕が触《さわ》られてもキスされても大丈夫などころか、抱《だ》かれても嫌悪《けんお》を感じることなく快感に溺《おぼ》れてしまうことが不思議でならなかった。

ずっとわからないままだったほうが幸せだったかもしれない。でも、気づいてしまったのだ。ずっと感じてた胸の痛みの本当の理由に。

「身代わり？　いったい、何のことを云ってるんだ、お前は？」

「先生は婚約《こんやく》者の人のことを忘れられないんでしょう？　だから、婚礼用の着物を残してあるんじゃないんですか？」

そう告げると、先生は一瞬《いっしゅん》顔を強張《こわば》らせた。その表情に、やはり僕の考えは正しかったのだと確信《かくしん》する。

「あれは——それこそ、ただの資料だ」

「誤魔化《ごまか》さないで下さい！　その人のことを忘れられないから、いまあんな話を書いてるんじゃないんですか!?」

「あれのモデルはお前だ！」

「誰がそんなこと信じ――……は？」

勢いのまま詰《つ》め寄っていた僕は、ぽろりと先生の口から零《こぼ》れた言葉に自分の耳を疑った。

「あ、いや……」

先生のほうも、しまったというような顔をしている。

「あのっ、いま何て…⁉」

「ちょっとこっちに来い。こんなところにそんな薄着《うすぎ》でいたら風邪《かぜ》をひく」

「先生！」

「説明してやると云ってるんだ。まさか、そんな誤解をされていたとはな……」

先生はぶつぶつと独り言を呟《つぶや》きながら、肚《はら》を括《くく》ったというような様子で僕の腕《うで》を引いていく。

わけがわからないまま、僕は書斎《しょさい》に連れて行かれ、普段《ふだん》は先生の定位置であるソファーに座らせられた。

そして、先生はヒーターのスイッチを入れてから僕の横にどさりと腰《こし》を下ろした。温かな風に、体が冷えきっていることに気がついた。

脱《ぬ》がされたセーターも手にしたままだったし、コートも車の中に置いてきてしまっている。

先生はぶるりと震《ふる》えた僕に自分の着ていたジャケットをかけ、おもむろに話し始めた。

「前に、どうして小説を書いてるのかって訊《き》いてきたよな？」

「あ、はい……」

確かに数日前、そんな質問をした。だけど、どうしていまそんな話をしてくるのだろう？

怪訝《けげん》に思いつつも、先生の真剣《しんけん》な表情に口を噤《つぐ》む。

「俺は大学生のとき、お前の実家の旅館に泊《と》まりに行ったことがあるんだ」

「大学生のとき？」

というと、十数年くらい前のことだろうか？　計算すると、僕が小学生だった頃《ころ》だ。

「当時、つき合ってる女がいたんだが、それが人妻でな。彼女には、アルコール依存症《いぞんしょう》で暴力を振《ふ》るう夫がいたんだ。いまで云うドメスティックバイオレンスってやつだ」

いまでこそ社会的にその言葉が浸透《しんとう》するようになったけれど、当時は別れたくても別れられない状況にあったと云う。

だけど、それと今回の件と何の関係があるのだろう？

接点が見出《みいだ》せず首を捻《ひね》っていた僕に、先生は衝撃《しょうげき》発言を落とした。

「それで一緒《いっしょ》に駆《か》け落ちをする約束をして、お前んちで待ち合わせをしたんだ」

「か、駆け落ち!?」

「だけど、結局振られた。彼女はいつまで待っても約束の場所には現れなかった」

「え？　どうしてですか…？」

「本気で彼女が離《はな》れていこうとしていることを知った夫が、心を入れ替《か》えるから見捨てないでくれって縋《すが》りついたんだよ。彼女のほうも見捨てられなくて、家に戻ったんだ」

詫《わ》びる手紙が旅館で待つ先生のもとに届いたのは、約束の日から一週間ほど経《た》った頃のことだったらしい。

「そんな……」

駆け落ちの約束までして裏切られるなんて、酷《ひど》すぎる。

先生に言葉をかけたかったけれど、どう云おうが安っぽいものになってしまいそうで、僕は何も云うことができなかった。

「いまなら若気の至りだと笑い話にできるが、あのときは俺も若かったからな。人生捧《ささ》げる覚《かく》悟《ご》で家を出てきたのに、待ちぼうけ食《く》らわされて怒《おこ》っていいのか悲しんでいいのかわからなかったよ。——でも、そうやってむしゃくしゃしてるときに出逢《であ》ったんだ」

自嘲《じちょう》気味な笑《え》みが何かを懐《なつ》かしむようなものに変わった。愛《いと》しいものを見つめるような眼差《まなざ》しにドキリとする。

「無邪気《むじゃき》で、いつもニコニコしてて、元気のいい男の子だった。小さい頃からマセガキで、世間を斜に構えて見ていたような俺には新鮮《しんせん》で眩《まぶ》しかった」

「男の子、ですか？」

「ああ、小学校の中学年くらいだったかな。俺が振られて落ち込んでると知ったら、一生懸命《けんめい》慰《なぐさ》めてくれて……失恋《しつれん》なんて忘れてしまおうと思えたのは、あの子のお陰《かげ》だよ。あの子がいてくれたから、自暴自棄《じき》にならずにすんだんだ」

それって……。

僕は先生の口から語られる思い出に動揺《どうよう》した。

まさか……でも、そんなことって……。

忘れようと封印《ふういん》していた記憶《きおく》が蘇《よみがえ》ってくる。ある年の夏休みの出来事が——。

「だけど、俺は彼にとんでもないことをしてしまった」

「…………」

「家に帰ることを決めた日の夜、その子が村のお祭りだって云って誘《さそ》ってくれたんだ。母親に着せられた浴衣《ゆかた》で恥《は》ずかしそうにしながら、一生懸命案内してくれて……もうこれきり会えないのかと思うと悲しくなった。そして——俺は気がついたら、その子にキスしてた」

「……っ!!」

後頭部を何かで殴《なぐ》られたみたいに、頭の中が真っ白になった。

まさか、あのときのキスの相手が先生だったなんて……。

「相手は子供で男の子だって云《い》うのに、俺は自分のことが信じられなかった。もちろん、後悔《こうかい》した。自分を立ち直らせてくれた子を、あんなふうに傷つけるつもりなんてなかったんだ。でも、謝ろうにも、それきりその子は俺の前には現れてはくれなかった」

「あ…当たり前じゃないですか…！　またあんなことされたらって思ったら、近づけるわけないでしょう？」

怖《こわ》かった。キスされて、甘く震えた自分の体が自分のものではないように思えた。客から受けるセクハラとはまったく違う感覚に戸惑い、怖くなって逃《に》げ出したのだ。

「そうだよな、どう考えても犯罪者だよな。俺も自分のことが信じられなかったよ。それまで、男を恋愛《れんあい》対象にしたことも子供に欲情したこともなかったからな」

「――――」

大学生の頃と云ったら、いまの僕とほぼ同世代だ。そんな年頃の男が、ついうっかり小学生の男の子にキスなんてしてしまったら、頭を抱《かか》えるだろう。

もしも、自分がそんなことをしたら病院に駆け込んでいるかもしれない。

「家に戻《もど》ってからもその子のことばかり考えるようになった。早く忘れてしまおうと、男女問わず片《かた》っ端《ぱし》から寝《ね》てみたけど、それでもダメだった。誰が相手でもあの子の笑顔《えがお》を思い出す。誰とキスしても、あのときのキスと比べちまうんだ」

苦い表情で告げられた事実に、僕は驚《おどろ》いた。

先生も、あのキスが忘れられなかったのか。

「鬱々《うつうつ》と悩《なや》みを溜《た》め込んでいるのがいけないのかと思って書いてもみた」

「それで、小説を書き始めたんですか……？」

「ああ。それがあのデビュー作だよ。幸い、賞に引っかかったから俺は小説を書き続けた。吐《は》き出してダメなら、正反対のものを書いてやろうと思って男女の激しい恋愛ものを書くようになった。だが、それでも忘れることができなかった……。いっそ、結婚《けっこん》でもすれば思いきれるんじゃないかと思ったが、それも失敗した」

「――――」

それほどまでに、僕とのことを引きずっていたとは。僕にトラウマを植えつけた人は、きっともう過去のことなんて忘れてるだろうと思っていた。

それが、十何年もこうして足掻《あが》いていたなんて。

「まあ、結婚と云っても取り引きみたいなもんだったからな。お互《たが》い、忘れられない相手がいるんだって知って意気投合した仲だったんだが、直前に彼女のほうが好きな女と上手《うま》く行っちまって破談になったんだよ」

「え？　好きな女って……」

「ああ、あいつも同性愛者だからな。婚礼用の着物はあいつがいらないと云ったから、ウチに置いてあるだけだ。せっかく作ったものを捨てるのはもったいないだろう？　思い入れなんてものはとくにない。お前が妙《みょう》な誤解をするとわかってたら、とっくに処分しておいたよ」

「………」

じゃあ、僕の悩んでいたことは全《すべ》て勝手な思い込みでしかなかったのか。一人で早とちりして、ぐるぐると考え込んでバカみたいだ。

真実を知ってしまえば、あのときの悲壮《ひそう》感が陳腐《ちんぷ》なものに思えて恥ずかしくなる。

「あそこに泊まっていたのは、あのときの子に会って気持ちの整理をつけたかったからだ。育った姿を見れば、きっと気持ちも落ち着くだろうと思ってな」

「ど…どうだったんですか…？」

「そんなこと、お前にはもうわかってるんじゃないのか？」

「ええと、それって、その……」

夢見ることすら躊躇《ためら》われた展開に、僕はうろうろと視線を泳がせる。

期待してもいいのだろうか。先生も僕と同じような気持ちを抱《いだ》いているのだと思ってしまっていいのだろうか。

「何のためにお前を指名したと思う？　少しでも傍《そば》に置いておきたかったからに決まってるだろう。お前が階段から降ってきたことに、俺は神に感謝したくらいだ」

憮然《ぶぜん》として云われた事実に啞然《あぜん》とする。

あのとき、そんなふうに思ってたのか、この人は…！

「お前に再会して、目が覚めるどころか、再確認《さいかくにん》するハメになったよ。大きくなっていても少しも変わってなくて、一目会っただけで惹《ひ》かれる気持ちを抑《おさ》えきれなくなった」

「うそ……」

「嘘《うそ》なものか。どうにかして手に入れたいと思ったからあんな画策をしたんだよ。思った以上に上手くいって、こっちは浮《う》き足立ってることに勘《かん》づかれないように振《ふ》る舞《ま》うのが大変だった」

「――――」

先生の口から語られる衝撃《しょうげき》の事実に、ぽかんと惚《ほう》けてしまう。

「頑固《がんこ》かと思えば意外に従順だし、実は俺のファンだとか云い出すし……もしかして、こいつも俺のことを覚えてるのかと思ったら、俺のせいでトラウマがあるときた。自分で仕組んだことは云え、どうしたらいいのかわからなくなった」

「だ…だったら、初めから云ってくれればいいじゃないですか！」

自分はあのときの大学生だと、最初に話してくれればよかったのだ。そうしたら、こんな回りくどいことにはならなかっただろうに。

「云えるわけないだろう！　小学生相手に犯罪まがいのことしてるんだぞ⁉」

「はんざい……」

間髪《かんはつ》を入れずもっともなことを反論され、目を瞬《しばたた》かせる。

だけど、必死な形相で訴《うった》えてくる先生の顔がおかしくて、僕は思わず笑い出してしまった。

「くっ…はは、あはは！」

「くそ、笑いたければ笑え。ったく、俺はお前に振り回されてばかりだ」

先生は苦虫を噛《か》み潰《つぶ》したような表情で投げやりに云い放ち、自分の額を手で押さえた。

「僕だってそうですよ。触《さわ》れないほど、僕が男嫌《おとこぎら》いになったのはあなたのせいじゃないですか」

「それは悪いと思ってる……」

散々悩まされた仕返しに拗《す》ねた口調で詰《なじ》ると、先生はバツの悪い顔をする。この人にこんな顔をさせられるなんて、そうあることじゃない。

恋愛小説を書いているくせに、自分自身の恋愛にはこんなに不器用なのかと思うと怒《おこ》る気持ちもなくなってしまう。

「責任、取って下さい」

僕はソファーに投げ出されていた先生の左手をぎゅっと握《にぎ》る。

「馨……」

「いったい、誰《だれ》が僕をこんなにしたと思ってるんですか？」

先生は微《かす》かに震《ふる》える僕の指を握り返し、真摯《しんし》な声で囁《ささや》いた。

「取らせてくれるならいくらでも。一生かけて償《つぐな》おう」

「……絶対ですよ…？」

そう云って、見つめると先生の顔が近づいてくる。柔《やわ》らかく押し当てられた唇《くちびる》は、いつもより少し冷たかった。

先生も僕と同じように、緊張《きんちょう》していたのかもしれない。肩《かた》を抱《だ》かれるようにして体を引き寄せられる。僕からもそっと背中に腕《うで》を回すと、抱きしめてくる腕の力が強くなった。

「……ん……」

包み込んでくれる腕の温かさにほっとする。北沢さんに触《ふ》れられた嫌悪《けんお》感なんて、どこかに吹《ふ》き飛んでしまうくらいに心地《ここち》いい。

押し込まれた舌が口腔《こうこう》を探《さぐ》るように蠢《うごめ》くと、頭の芯《しん》が痺《しび》れたようになる。僕からも舌を絡《から》めてもっととねだると、口づけがさらに深くなった。

その気持ちよさに酔《よ》いかけていたけれど、どんどん濃厚《のうこう》になっていくキスに息苦しくなってくる。頭が霞《かす》み始めた頃《ころ》、ようやく唇が解かれたけれど、気がつけばシャツのボタンを全て外されていた。

「え？　せ、先生？」

「さっき、お預け食ったからな。今日は我慢《がまん》が利《き》きそうにない」

「えっ、何云って……ぅあっ」

はだけられたシャツの間から差し込まれた手の平が僕の脇腹《わきばら》を撫《な》で上げる。油断していたせいで、びくんっと大きく体が跳《は》ねた。

「さっきのお前の格好を見た瞬間《しゅんかん》、頭に血が上った。お前が止めてなきゃ、あいつを殺してたかもな。いま思い出しても腹が立つ」

「あっ、ん……待っ、待って下さい…っ」

抵抗《ていこう》するのもおかしいし、かといって大人しくしているのも気まずく、僕はわたわたと狼狽《うろた》えてしまう。先生は僕の戸惑《とまど》いをよそに、腰《こし》や胸を撫で回してきた。

「抱かせろよ。お前があいつのものになってないことを確かめないと気がすまない」

「…っあ！　ぁ…あ……っ」

指先に胸の尖《とが》りを捕《と》らえられ、抓《つね》るようにして捏《こ》ねられる。そこから生まれる痺れる感覚に、喉《のど》から小さな嬌声《きょうせい》が断続的に上がった。

そこばかりを責められることから逃《のが》れようと体を捩《ねじ》るけれど、腰を抱かれているせいで思うように体を動かせない。そうやって身悶《みもだ》えていると、ふいに反らせた首筋に嚙みつかれた。

「あ…っ」

先生は歯を立てたところに丹念《たんねん》に舌を這《は》わせてくる。ねっとりとした熱い感触《かんしょく》にぞくぞくと体を震わせているうちに、下腹部にも熱が集まってきた。

ジーンズの中で膨《ふく》れる昂《たか》ぶりが苦しくて足を擦《す》り合わせると、先生は僕の状態にすぐ気づき、そこを布越《ご》しに刺激《しげき》してくる。

「お前ももうこんなじゃないか」

「あの、これは…っん！」

条件反射だと云《い》おうとしたけれど、それよりも早く布越しに揉《も》まれ、言葉が出なくなってしまう。僕のそれは何度かなぞられただけで、すぐに弾《はじ》けてしまいそうなくらいに張り詰《つ》めた。

「やっ…あ、だめ……ぁあ…っ」

くつろげた前から先生の手が忍《しの》び込んでくる。直《じか》に触れてくるその手はひやりとしていて、その温度差に体が強張《こわば》る。絡みつく指の感触にビクリと体が小さく跳ねた。

そうやって弄《いじ》られているうちに体に力が入らなくなり、くたりとなった僕は先生に体を預ける。抑《おさ》えきれない嬌声が恥《は》ずかしくて、肩口《かたぐち》に顔を埋《うず》めるようにした。

「ん、……っは、あ……っ」

「少し腰を上げろ。これじゃ手を動かせない」

腰を浮かすよう指示をされ、それに何とか従うと一息にジーンズと下着を引き下ろされる。覆《おお》っていたものを全《すべ》て取り去られた下肢《かし》は冷たい空気に一瞬竦《すく》んだ。

自分のみっともない格好にぎゅっと目を瞑《つぶ》っていた僕は、ふいに片方の足を持ち上げられ、驚《おどろ》きに目を開けた。

「なっ……」

そのまま、先生の膝《ひざ》を跨《また》ぐような格好を取らされる。剥《む》き出しの下肢を隠《かく》すことのできない体勢に、羞恥《しゅうち》で全身が赤く染まった。

「先生…こんな格好、嫌《いや》です……っ」

「いまさら何云ってる。もっと恥ずかしい格好もしただろう」

「それは、そうですけど……んぁっ、あ…っ」

芯を持って勃《た》ち上がっていた欲望を再び握り込まれ、腰から震えが伝わってくる。強弱をつけて擦《こす》られれば、苦情も甘い喘《あえ》ぎに変わってしまう。

潤《うる》んだ先端《せんたん》をぐりっと指の腹で抉《えぐ》られた瞬間、内腿《うちもも》がひくりと痙攣《けいれん》し、全身の汗腺《かんせん》が開いてどっと汗《あせ》が噴《ふ》き出す。

両足に力を入れ、押し寄せてくる衝動《しょうどう》に何とか耐《た》えているけれど、それももう限界に近い。

「あ…っ、ぁ、放し…て……っ」

「このままイけ」

「やだ、あっ、だめ…っん、んー…っ」

堪《こら》えきれずに弾《はじ》けた熱は先生の手を汚《よご》した。絶頂の余韻《よいん》に下腹部がひくひくと痙攣し、僕は荒《あら》い息を何度もつく。

「だから……云ったのに……っ」

拗ねた口調で詰るけれど、先生は涼《すず》しい顔をしたまま、僕の放ったものでべっとりと濡《ぬ》れた手で足の間を探《さぐ》ってきた。

「何して…っ!?」

「ローション取りに行く余裕《よゆう》がないんだよ」

「でも、そこの棚《たな》に――」

数歩先に、先日どこからか持ってきたプラスチックの容器があるというのに。

視線で指し示すけれど、先生はおかまいなしに濡れた指で後ろの窄《つぼ》まりを撫で擦《さす》ってくる。

「余裕がないって云っただろ」

「ぅあ…っ」

半ば強引《ごういん》に指を中に押し込まれ、上擦った声が上がった。体液の滑《ぬめ》りでぬるぬると入り口を擦られると、何とも云えないいたたまれなさに苛《さいな》まれる。

先生は狭《せま》い器官を押し拡《ひろ》げようと、僕の中で指を掻《か》き回すように動かす。この体の内側を擦られる感覚には未《いま》だ慣れない。

「中、熱いな」

「あ…っ、ん、あ、あ……っ」

抜《ぬ》き差しされる指の振動《しんどう》に合わせて喉が鳴る。意識すればするほど、入り込んだそれを締《し》めつけてしまう。ひくつく粘膜《ねんまく》が先生の指にいやらしく絡みつくのが自分でもわかった。

先生の頭を掻き抱《いだ》くようにすると、鎖骨《さこつ》に軽く歯を立てられる。微かな痛みと共に走った快感に背中を反らせると、突《つ》き出すような格好になった胸の先に吸いつかれた。

「あっ、や…っ、んんっ」

弄られて敏感《びんかん》になったそこを舌先で転がされ、ぞくぞくと背筋が震《ふる》える。遣《や》り場のない感覚に、僕はただ甘い吐息《といき》を零《こぼ》すことしかできない。

「ひぁ…っ！　や、そこ……っ」

ただ体内で蠢くばかりだった指に感じやすい場所を押された瞬間、内腿に力が籠《こ》もった。

「ここか？」

「んっ…ちが、もっと上……っ」

先生は意地悪な笑《え》みを浮《う》かべながら、わざと外した部分ばかりを責めてくる。もどかしさに僕は、自分から腰を揺《ゆ》らしてしまった。

「ぁん…っ、ん、ん…っ」

「ずいぶんと積極的だな。煽《あお》ってんのか？」

「う…だって……」

羞恥に消え入りそうに呟《つぶや》くと、先生は小さく笑う。その笑みからは、さっきの意地悪さはなくなっていた。

「わかってる。ここ、だろ？」

「あぁ…っ！」

敏感な場所をぐっと押し込まれ、電流のようなものが走り抜ける。そうやって後ろを弄られているうちに、一度達した昂ぶりがまた熱を持ってきた。

「んぅ…っ、く…ぁ、あ…っ」

与《あた》え続けられる快感に腰が蕩《とろ》け落ちてしまいそうだ。繰《く》り返される抜き差しに内壁《ないへき》が擦られ、頭の中がぼうっとしてくる。

先生に抱《だ》かれるたびに、この体はどんどん貪欲《どんよく》になっていってる気がする。触れているだけでも心地いいのに、もっともっとと快感を欲《ほっ》してしまう。

「はっ…、先生、も…いい、から…っ」

「まだキツいだろう」

「や、早く…欲し……っ」

指なんかではなくもっと確かなものが、求められていると実感できる証拠《しょうこ》が欲しい。

知らずに潤んだ瞳《ひとみ》で見つめると、先生はやがて嘆息《たんそく》した。

「わかった。今度は泣いてもやめてやれないからな」

先生はそう云って、僕の中から指をずるりと引き抜いた。解《ほぐ》されて蕩けたそこは喪失感《そうしつ》にわななく。内側の粘膜がひくひくと震える感覚に戸惑っていると、腰を持ち上げられた。

柔《やわ》らかくなった窄まりに、硬《かた》くて熱い何かが押し当てられる。

「……あ……」

ひゅっと息を吞《の》んだのと同時に、腰を落とされた。先端が入り込んでしまえば、あとは自分の重みだけで昂ぶりを吞み込んでいく。

ゆっくりと、だが確実に僕の内側は先生の欲望の形に押し開かれた。

「はっ……あ……ああ…っ」

あまりの圧迫《あっぱく》感に目の前がチカチカする。根本まで吞み込んだそれは焦《こ》がされそうに熱く、ドクドクと自己主張している。まるで、僕の中にもう一つ心臓ができたみたいだ。

「大丈夫《だいじょうぶ》か？」

「平気、です……」

内臓が押し上げられるような苦しさはあるが、痛みはない。それよりも一つになれたことのほうが嬉《うれ》しかった。

「動くぞ」

「あっ!? あ…っ、あ、あ…っ」

先生は摑《つか》んだままの僕の腰《こし》を軽く揺すってくる。たったそれだけのことが嘘《うそ》みたいに気持ちいい。揺さぶりは徐々《じょじょ》に大きくなっていき、それに従って快感も増幅《ぞうふく》されていった。

「やぁあ…っ、あっ、ぅ…んっ」

どうして、こんな――。

先生に抱かれるのはこれが初めてではないのに、これまでとはどこか違《ちが》う。ただただ強烈《きょうれつ》だった快感が甘く柔らかいものになっているようで、僕は戸惑《とまど》った。

「はっ…あ、や…っ、あっ、あっ」

高まる熱に溶《と》け落ちて、体の形を保っていられなくなりそうな錯覚《さっかく》がする。激しい突き上げに細胞《さいぼう》が崩《くず》れてしまいそうだ。

「やけに感じてるみたいだな。気持ちいいのか？」

「あ、いい……っ、きもちい……っ」

自分からも腰を動かすと、張り詰《つ》めた自身が先生の服に当たって擦れた。そんな些細《ささい》な刺激《しげき》にさえ、どうしようもなく感じてしまう。

「はぁ…っ、あっ、あぅ……せんせ……っ」

「こんなときくらい、先生はやめないか」

「あっ、あ……っ、久慈…さん……?」

「どうせなら名前で呼んでくれ、馨。まさか、覚えてないなんて云《い》わないよな?」

「……嘉彦、さん」

「そうだ」

気恥《きは》ずかしさを堪えてそう呼ぶと、先生の顔が綻《ほころ》んだ。

その子供のような笑顔《えがお》に、きゅうっと胸が締めつけられる。込み上げてくる愛《いと》おしさに、僕はしがみつく腕《うで》に力を込めた。

先生はそれに応《こた》えるようにして、僕の体を乱暴に揺さぶる。もうわけがわからなくなるくらい激しく突き上げられて、高みへと上らされる。

送り込まれる律動を速められ、一際《ひときわ》強く穿《うが》たれた瞬間《しゅんかん》、頭の中が真っ白になった。

「あああっ、あっ、あー…っ」

僕の中に埋《う》め込まれた熱の塊《かたまり》がびくびくと痙攣《けいれん》し、その直後、体の奥がじんわりと熱くなる。

ぼんやりとした頭でそれを認識《にんしき》していた僕は、先生が中でイッたのだと少ししてから気がついた。

「馨、息できてるか？」

「あ、はい……」

先生は、浅い呼吸を繰り返していた僕を心配してくれる。

そういえば、僕のこと馨って……。

助けに来てくれたときからずっと名前で呼ばれてる。女の子のような響《ひび》きが嫌《いや》だと思った時期もあった。けれど、こんなふうに優《やさ》しく大事に呼んでもらえると、気に入っていなかった名前も宝物のように思えてくる。

髪《かみ》を梳《す》く指先の感触《かんしょく》が心地《ここち》いい。苦笑《くしょう》を零す先生の耳元で、溢《あふ》れる気持ちの代わりに愛しい人の名前を呼ぶ。

「嘉彦さん」

「ん？」

「嘉彦さん……好き……」

最後の呟きは声にするつもりはなかったのに、先生の耳には届いてしまったようだ。

一瞬、髪を梳く手が止まったけれど、すぐに頬《ほお》を滑《すべ》って顎《あご》にかけられ、顔を上げさせられる。

「ああ、俺もだ」

啄《ついば》むように口づけられ、僕はそっと目を閉じた。
全《すべ》ての始まりだった口づけは、どこまでも甘く優しいものだった。

6

ガラリと玄関《げんかん》の開く音に、僕は台所から飛んで行く。

「おかえりなさい！　どうでしたか？」

今日は病院で症状《しょうじょう》の回復具合を診《み》るためのレントゲンを撮《と》る予定の日だったのだが、先生は怪我《けが》人だというのに少しも安静にしていなかったため、ちょっと……いや、かなり心配なのだ。あんな無茶をしたせいで、骨に入っていたヒビが酷《ひど》くなっていたなんてことになったら、これからの作家活動に悪影響《あくえいきょう》が出てしまう。

不安いっぱいの表情の僕に苦笑しながら、先生は結果を教えてくれる。

「ただいま。まあ、大丈夫だったよ」

「本当ですか!?　よかった……」

ひとまず、胸を撫《な》で下ろす。でも、一旦《いったん》怪我をするとその後も痛めやすくなると聞く。マメなメンテナンスは常にしておいてもらわないと。

「あ……でも……」

僕は先生の使えない右手のサポートとして、この家に派遣《はけん》されてきたのだ。

先生の手首が治ってしまえば、ここにいる理由がなくなってしまう。そうなると、本来の担当ではない僕には、先生との接点が一つも存在しなくなる。

そうでなくても、いまの原稿《げんこう》の終わりが見えてきているというのに……。

「どうした？」

「いえ、その……。僕がここにいる必要もなくなりますし……」

しゅんと肩《かた》を落とすと、先生は呆《あき》れた声を出した。

「だから会わないとでも云うのか？　バカか、お前は」

「え？」

「恋人《こいびと》なんだから、プライベートで会えばいいだろう」

「こ、恋人？」

先生の口からそんな単語が出てくるとは思わず、声が裏返ってしまう。

そうか、僕たちは恋人同士になったんだよな……。

「何だ、その反応は。どうしてそこで驚《おどろ》く？」

「あ、いや、何だか慣れなくて……」

改めてその単語を嚙《か》みしめると、気恥ずかしくなってくる。この年になってこんな気持ちを抱《いだ》くことになるとは思いもしなかった。

「照れるな。こっちまで恥《は》ずかしくなるだろうが」

「す…すみません……」

僕につられて、先生まで頬を染める。玄関に立ったまま二人で恥じらっていると、家の中に電話の音が鳴り響いた。

「あっ、電話ですね！」

「ああ、いい。俺が取る」

そう云って先生は靴《くつ》を脱《ぬ》ぎ捨て、居間に置いてある電話の子機を取りに行った。

「はい、久慈ですが……ああ、先日はどうも」

散らかった先生の靴を揃《そろ》えながら、いけないと思いつつ聞き耳を立ててしまう。いったい、相手は誰《だれ》だろう？

「手首のほうはよくなりました。ずいぶんとご迷惑《めいわく》をおかけして……。ええ、はい…はい――そうですか。わかりました、浅岡に伝えておきます」

え？　僕？

ということは、相手は荻野さんあたりだろうか？

「馨」

「あ、はいっ」

電話を切った先生が、居間から僕を呼んできた。

「荻野さんからだった。あの男は地方の支社に異動になったそうだ」

「え？　北沢さんが異動？　やっぱり、僕のせい――」

「お前は被害者《ひがい》だろう、気に病《や》んでどうする。今回のことはきっかけにはなったが、元々勤務態度が問題にはなっていたらしい」

「え？　でも、僕の面倒《めんどう》をよく見てくれていましたよ？」

「基本的には仕事にルーズで、自分のやりたいことしかしないタイプだったようだ。隠《かく》し通してきていたらしいが、作家からの苦情も多かったらしい」

「そうなんですか……」

「ああ。必要最低限の連絡《れんらく》も怠《おこた》っていたらしい。その上、作る本も売れてなければ、会社にとってはお荷物でしかないだろう？」

「それは、まあ……」

本が売れるか売れないかは誰にもわからないことだから、その点だけは仕方のないことだと思うけれど、担当している作家から苦情が出ていたというのはいただけない。

いつも一番遅《おそ》く出社し、一番早く帰っていたのは仕事が速いからだと思っていたが、実はそうではなかったのか。

「そこに今回の件が来たわけだ」

「……っ」

「荻野さんが上に報告するとき、何があったかはぼかしてくれたらしいから、何があったのか知ってるのは俺とあの人くらいだよ。だから、心配するな」

「あ…ありがとうございます…」

「あと、荻野さんからの伝言」

「え？　まだあるんですか？」

「いまのは報告だ。週明けから担当作家を一人増やすとのことだ」

「は？　週明けから？」

いったい、何があったのだろう？　この時期に担当替《が》えなんて、全然そんな噂《うわさ》もなかったはずなのに。

「あ、もしかして北沢さんが担当してた作家さんですか？」

けっこうな人数を担当していたはずだから、編集部はきっと大変なことになってるよな。

思いついた理由を口にすると、先生は伝言の続きを口にする。

「それと、週明けに出社するときに原稿を持ってくるようにとのことだ」

「原稿って、先生のですか？」

繋《つな》がりがよくわからず首を捻《ひね》っていると、ぴしりとおでこを指で弾《はじ》かれた。

「痛っ」

「察しが悪いな、お前は。だから、俺の担当になったんだよ」

「へ？　誰が…ですか……？」

「お前がだ。荻野さんも気ぃ利《き》かせてくれたんだろ」

「気…って、ええぇ!? まさかそれって、僕たちのことが……」

「あんなとこ見られてるんだ、バレてるに決まってんだろう。あの勘《かん》のいい人がわからないとでも思ったか？ まあ、作家のプライバシーに関《かか》わることだから黙《だま》っていてくれるだろ」

「……っ！」

ど、どうしよう。

僕はどんな顔で週明け会社に行けばいいんだ？

他の人に黙っていてくれたとしても、僕がからかわれることは必至だ。ただでさえ、荻野さんには頭が上がらないっていうのに！

「気にすることないだろ。堂々としてればいいだろう」

「でも……」

「あんまりぐちぐち云《い》ってるとその口塞ぐぞ」

「ちょっ、先生…っ」

顎《あご》を摑《つか》まれ、強引《ごういん》に上向かされる。もうちょっとでくっついてしまいそうな至近距離《きより》にドキリとする。

先生の端整《たんせい》な顔は、近くで見るには心臓に悪すぎる。

「それにな——戻《もど》ってるぞ、馨」

唇《くちびる》を指で摘《つま》まれ、はっとする。指摘《してき》されるたびに直しているのだが、ついつい元に戻ってしまうのだ。新たな呼び名にまだ慣れないせいもあるのだが。

「あ、嘉彦、さん……」

「次、間違《まちが》えたらペナルティって、昨日云ったよな？」

「あ、え、そ、そうでしたっけ？」

熱に浮《う》かされてる真っ最中、そんなことを云われた気もしないでもないが、そんなときの言葉を言質《げんち》に取られても困ってしまう。

「云った。というわけでペナルティ受けてもらおうか」

「わわわっ！　先生、手!!」

いきなり抱き上げられた僕は、その不安定な体勢に先生の首にしがみつく。

「もう治ってる」

「じゃ、じゃあ、原稿《げんこう》……」

「あと三日もあれば終わるだろ。他《ほか》に文句があるなら、布団《ふとん》の中でゆっくり聞いてやる」

「……っ」

結局、反論の言葉も見つからず、僕は先生に口づけで黙らされてしまう。官能小説家の担当になるには、まだまだ修行が足りないのかもしれない。

あとがき

はじめましてこんにちは、藤崎都《ふじさきみやこ》です。

今冬は一段と寒い日が続いておりますが、いかがお過ごしでしょうか？　私は一月早々、履《は》き慣れない踵《かかと》の高い靴《くつ》で段を踏《ふ》み外し、駅の階段から滑《すべ》り落ちてしまいました……。

幸い大したことにならずにすみ、この話の久慈《くじ》のように手を怪我《けが》せずにすんだのですが、そのときに「原稿《げんこう》の音声入力とか口述筆記は羞恥《しゅうち》プレイすぎて絶対に無理だわ…」と自分のキャラクターの神経の太さをしみじみと感じてしまいました（苦笑）。

そんな羞恥プレイな関係から始まった（？）二人のお話でしたが、いかがでしたでしょうか？

小説家と編集者という身近なテーマだったとは云《い》え、ジャンルが全然違《ちが》いますのでわからないことも多く、担当さんを質問攻《しつもんぜ》めにして何とか書き上がりました。その節はどうもありがとうございました…!!

そして、素敵《すてき》すぎるイラストで彩《いろど》って下さいました蓮川愛《はすかわあい》先生にも深くお礼申し上げます。

イメージ以上に美人で清楚《せいそ》な馨と男前で精悍《せいかん》な久慈をどうもありがとうございます！　FAXで届いたキャラフにキャーキャーとひとりで浮《う》かれてしまいました。表紙もとても華《はな》やかで、本当に私は果報者だと思います。本当にありがとうございました!!

さて、個人的なお知らせになりますが、三月末に『束縛トラップ』のドラマCDを（株）ムービックさんより出していただきます。詳細《しょうさい》は次のようになっておりますので、興味をお持ちの方は、全国の書店やCDショップやアニメイトさんなどでお手に取ってみて下さいね。

二〇〇六年三月三十一日『束縛トラップ』
キャスト　支倉奈津生＝飛田展男さん　黒川龍二＝堀内賢雄さん
古城敦士＝三宅健太さん　黒川彬＝岸尾大輔さん

最後になりましたが、この本をお手に取って下さいました皆様《みなさま》に深くお礼申し上げます。ここまでおつき合いいただきまして、本当にありがとうございました!!
それでは、またいつか貴方《あなた》にお会いすることができますように♥

二〇〇六年一月　藤崎都

KADOKAWA RUBY BUNKO

官《かん》能《のう》小説《しようせつ》家《か》

藤崎《ふじさき》 都《みやこ》

角川ルビー文庫　R78-18　14146

平成18年3月1日　初版発行

発行者――井上伸一郎
発行所――株式会社角川書店
東京都千代田区富士見2-13-3
電話/編集(03)3238-8697
営業(03)3238-8521
〒102-8177　振替00130-9-195208
印刷所――旭印刷　製本所――BBC
装幀者――鈴木洋介

ISBN4-04-445522-8　C0193　定価はカバーに明記してあります。

――覚悟決めて、
俺のモノになっちまえ！
横暴・年下攻×勝ち気な子羊の
トキメキ運命ラブ☆
恋愛トラップ
藤崎 都
イラスト／蓮川 愛
校則違反常習者の後輩・日高に、突然「あんたは俺の運命の恋人だ」なんて口説かれるハメになった忍は…!?

ルビー文庫